主编　凌翔

当代著名作家美文自选集

偷一味清欢

明月如霜　著

中国妇女出版社

图书在版编目（CIP）数据

偷一味清欢 / 明月如霜著. -- 北京：中国妇女出版社，2019.10
（当代著名作家美文自选集 / 凌翔主编）
ISBN 978-7-5127-1777-0

Ⅰ.①偷… Ⅱ.①明… Ⅲ.①散文集－中国－当代 Ⅳ.①I267

中国版本图书馆CIP数据核字(2019)第187222号

偷一味清欢

作　　者：明月如霜　著
责任编辑：陈经慧
封面设计：陈　姝
责任印制：王卫东
出版发行：中国妇女出版社
地　　址：北京市东城区史家胡同甲24号　　　邮政编码：100010
电　　话：（010）65133160（发行部）　　　65133161（邮购）
网　　址：www.womenbooks.cn
法律顾问：北京市道可特律师事务所
经　　销：各地新华书店
印　　刷：唐山楠萍印务有限公司
开　　本：165×230　1/16
印　　张：13
字　　数：180千字
版　　次：2019年10月第1版
印　　次：2019年10月第1次
书　　号：ISBN 978-7-5127-1777-0
定　　价：49.80元

序

若有诗书藏于心，岁月从不败美人

有些遇见，毫无征兆，不期而至。

却又来得自然而然，仿如早已约定。

与北国冰城的文友回味相熟，意趣相投。彼时的她，空间原创文字不多，许多日志都是用她闺密们的文字制作的，其排版赏心悦目、十分精美。闲暇时一一浏览，看到最多，也是最精彩的文字，都来自一个叫明月如霜的作者。

初读明月如霜的文字，一瞬间，如有片片白月光，雪花般飘飘坠下，照得人通体透亮，拂得人浑身舒坦。

看着那温暖美好又清丽脱俗的文字，仿佛一抬眸，就能看到一个温婉如水、恬静素雅的江南女子，长发飘飘、衣裙摇曳，裹挟着一身书卷气息，浅笑盈盈、不艳不浮，正袅袅婷婷地从字里行间走出来。

回味是个热心人，巴不得她的好朋友们都相互认识。作为文字的同好者，我与明月如霜就这样自然而然地相遇、相识、相熟了。

于是知道，明月如霜不是江南人氏，而是纯正的中原女子。但她身上散发出来的气息，却比江南女子更温婉，虽不张不扬、不骄不媚，眉宇间却写满风流、书尽诗情，自然流露出一段迷人的风韵。举手投足间，散发出一份安然平和、与世无争的淡定与从容。

囿于厨房缘于爱，明月如霜安守平淡，在小城濮阳教书育人。闲暇时，养花种草，布置家居，烹饪美食，把平常日子过成了诗，把居家生活美成了画。

更让人佩服的是，她读书写字，无一日停歇。每每有文发表，或清雅，或浓烈；或深情，或薄幸；浅浅轻愁，淡淡欢喜，在四季轮回里，独自清欢；于一花一叶间，黯然销魂。其温婉、纯美的文字，纵使一茶一饭之细微，也能在浅饮细品间，描成一段如莲的光阴。读她的文字，有清风盈袖，如明月入怀，每每欲罢不能，如饮醇醪，如遇挚友，几欲击节高歌，纵情而唱。

不慕浮华，不图虚名，明月如霜只甘享诗书，沉迷在文字的天地中。其文纯美，却也涉猎甚广，无论小城风流，还是民国遗韵，抑或往事钩沉，均是信手拈来，化用无痕。红梅白雪、青花旗袍，每一件细小物件，在她笔下均能粲然生辉。四季花事、风月晨昏，每一样自然景观，在她笔下都气韵流动、生机盎然。

也曾遥想那鲜衣怒马、快意恩仇的江湖日子，可终蛰于小城，陪在夫婿与两个宝贝儿女身边，守着红尘中最温暖的地方，守着浮世里最温馨的小家，过着小女子的平凡日子，在宁静安然中，怀想诗与远方。

明月如霜的文，温婉华美、丽质天成，引无数粉丝尽折腰。在各个文学网站，在QQ空间，在微信公众号，都拥有数量可观的忠实粉丝。但与其说明月如霜是作家、诗人、美文家，不如说她是个善于挖掘世间乐趣的生活家。她乐天达命，把温暖根植笔端，让阳光与清风在人间蔓延，让感动如潮水在心头滋长。

懂得生活，感恩生命。一颗不老的少女心下，有着少女般亭亭的身姿和如花的笑靥。青春易逝，红颜易老。但读书写字，可以养气美颜，故明月如霜虽近中年，依然风尘不染，岁月不侵，闪亮的眼眸间，依然透着四溢的灵气。

其韶华长驻的护颜之术，正是一颗即使阅尽岁月，却依然鲜活单纯、温润明净的诗心。与其风华正茂的女儿站到一起，浑然不似母女，只如一对青春无敌的姊妹花。

明月如霜笔耕不辍，经年累月间，积存下来的文字已经足够丰厚。之前虽与人出过合集，也在报刊发表过，可终未圆出一本单行本的愿望。

于今，欣闻明月如霜的散文精选录成单行本《偷一味清欢》，由中国妇女出版社出版发行，不由暗自替她高兴。

数年相交，早成投契老友。老友吩咐写序，自是无可推托，但日间编务繁忙，只得于此深夜匆匆草就。众文友姑且读之，不及之言，不周之处，尚请多多担待。

风

二〇一八年六月

目　录

第一辑　花香满衣

第二辑　为心灵做一场瑜伽

第三辑　偷一味清欢

第四辑　我倾心的是花事和春色

第五辑　小欢喜

第六辑　情趣，生活的底色

第一辑　花香满衣

也说桃花

自古那粉粉的桃花就是多情文人雅士的最爱。春来，不必努力去找，那夹在春信里的桃花，便如我们曾经飞扬的青春，用一季的妖娆妩媚在你的眼眸、心底。

桃花是春天的使者。春风十里，粉粉的桃花在春光明媚的晴空下最妩媚，最能招惹爱花的人儿在花前树下驻足、停留。

一到三月，小城的街道两旁，公园的角落，农人的果园……处处“桃之夭夭，灼灼其华”。桃花一副拼了命的样子，在春风的吹拂下，用力地招摇着自己的粉、自己的媚、自己的妖娆。

记忆中，最早的桃花开在《诗经·国风》里：“桃之夭夭，灼灼其华。之子于归，宜其室家。桃之夭夭，有蕡其实。之子于归，宜其家室。桃之夭夭，其叶蓁蓁。之子于归，宜其家人。”在这首贺新婚的诗歌里，桃花只是婚礼的配角，真正的主角是那红衣灼灼的新娘。

在阳春三四月，桃花开得那么美，那么娇，灼灼地，漫山遍野，像火一样燃烧着有情人的心怀和爱意。所以，在春阳下微笑的柔静桃花，数千年来一直被人们误认为是诗经《桃夭》中的主角。

《诗经》中的桃花是幸福的，因为她披着红裳，与有情人步入婚姻的殿堂，执手一生，子孙满堂。

唐朝的粉面桃花却是多情的，因为她只是与心爱的男子一次相遇，却不能相伴一生。

我喜欢把崔护笔下的痴情女子称作桃花女。春光妖娆，寂寞的她在庭院内盛开的桃树旁独立，期待遇见一份触动灵魂的美好。

恍惚间，听见有人轻叩门环。桃花女莲步轻移，门扉半掩。只一眼，她便遇见了那折煞了心神的青衫俊男。只是区区一碗清水，只是浮生中的匆匆一面，红尘陌上的一对痴情男女便在盛放的桃花树下，用一腔热情书写了传唱千年的旷世情缘。

只是匆匆一面，桃花女便在心里种下了难解的情缘。这一刻，于她来说，一眼，便是万年。男子匆匆离去，桃花女却再也无法割舍这桃花树下的一次相遇。

次年春天，春色醉人时，青衫男子又想起长安城外的桃花，想起桃花树下脉脉含情的女子。于是，他迎着春风，再寻桃花。

小院依旧，桃花依旧，心情依旧，叩响门环的声音却急促了许多，男子想见到他思念许久的粉面桃花。叩门许久，却无人应答，直到夕阳西下。

寻人不见，青衫男子挥笔写下："去年今日此门中，人面桃花相映红。人面不知何处去，桃花依旧笑春风。"

墨迹点点，字字珠玑，是他在对桃花女表露心迹：对你，我一直爱着，因为有爱，无论多久，我都会来寻你……

有些感情，错过便是一生。崔护再无法与桃花女相见，因为佳人已逝。春风化雨的柔情里，面若桃花的女子再也不会出现在他的生命里，只剩下挥笔写诗的他，看身后桃花纷飞若雨……

“桃花”这个词，一直有些妖娆，有些明艳。无论是在《诗经》里，还是在崔护的《题都城南庄》里，她都与貌美年轻、妖娆多情的女子有关。直到遇见性格淡然、淡泊名利的陶渊明陶公，桃花才别开意境，与富饶、丰足、安然的生活状态联系在一起。

不为五斗米折腰的陶公借《桃花源记》中武陵渔人的奇遇，描述了他对世外桃源的向往，对归隐田园的渴望。

桃花源究竟是一种怎样的人间仙境，世人不得而知。我也只曾在中学课本的文字中与桃花源浅浅相遇。桃花源内“有良田美池桑竹之属，阡陌交通，鸡犬相闻……黄发垂髫，并怡然自乐”。陶公的菊香是美好的，他的桃花源也是美好的，因为对现实不满，他的美好一直都在逃避中追寻。

“心中若有桃花源，何处不是水云间？”生活在新时代的你我倘若心怀美好，在努力拼搏中追寻自己的桃花源，何尝不是一种幸福？

我与桃花并不陌生。小时候，家乡的周围处处植满了桃花，或桃林十亩，或桃花一垄，或粉艳一片。春来，桃花盛开，入眼、入心，自是温暖满怀。

小时候，最喜欢和小伙伴们去桃林玩耍，奔跑、躲藏间，便是满头、满身的桃花，伙伴间便打闹取笑对方成了桃花仙子。

“桃花仙子”，多好听的名字。不知她们意下如何，这名字我是极喜欢的。能做一次桃花仙子多好，那粉艳的花瓣，自是美丽的容颜，那嫩绿的枝丫，如鲜绿的衣裙。

那粉艳的桃花，若被那待字闺中的女子折回，自会有多情的男子来敲门。一枝桃花，也许就会成就一段美好姻缘，岂不是好事一桩？

春来，我只想在一场杏花春雨里，追寻一溪水，一袭云，一树花，一小舟，即可行走天涯的古意。听凭十里以外的春信，吹绿一根枯枝，染红一树桃花。我把桃花，做成柔软的光阴，做成小字十行。你若来读，已是梦里水乡。

一生相遇，妥帖地在一份懂得里安放一颗心，相宜静好。世有桃花无数，捻一枝桃花在手，就已足够。

立春过后，春归陌上。桃花在暖阳下依然灼灼其华，映衬着世界的美好。桃花一季，繁花似锦。不仅开在枝头，也开在你我的心里。

桃花易落，字有暖意。这个春天，就让枝头的朵朵桃花开在心底，开在春风里。与你，与我，倾心相遇！

一朵茉莉素素开

或许是名字里有个“素”字的缘故，一直喜欢素简的生活。于花，亦是如此。艳丽的牡丹，浪漫的玫瑰，魅力无限的百合，还有灿烂到噬骨的蔷薇，终究太过华丽，不是自己心仪的花卉。

“环佩青衣，盈盈素靥，临风无限清幽。出尘标格，和月最温柔。”在夏花半开的七月，那茉莉的盈盈素靥，最是入了我的眼眸和心扉的一抹芳菲。茉莉花苞初绽时，状若苔米，在翠绿的枝头，储蓄着一季的魅力。一夜之间，花苞绽放，满室馨香。花白如雪，素净，淡雅。真真地应了宋人刘克庄的诗句“一卉能熏一室香，炎天犹觉玉肌凉”。

娇艳的夏花璀璨似锦，在晴空下摇曳着迷人的风姿。在姹紫嫣红的花丛中，我独独爱极了那羞涩地在寂静一隅悄然开放的茉莉。

那妖艳的各色花卉和开成一簇簇耀眼的蔷薇，如同民国时期的歌女，用尽自己的柔媚，吸引着你的眼球，用浓郁的香气浸润着你的心扉。

唯独茉莉，也只有茉莉，如同一个羞涩的小家碧玉。只着一袭素雅的布衣，远离着尘世的繁华与喧嚣，在夏日里静静地独立。

这静雅的小花苞，如同一位待字闺中的女子。只是在绿意葱茏的枝头，静等着那个懂花、惜花的人儿。若是遇见，一个回眸，便会绽放一生的美丽，倾尽一生的温柔。

与他一起去花店选花，入目，是满室的青翠，怒放的花朵和娇艳的花苞。越过那夺目的灿烂，我的目光在那“天赋仙姿，玉骨冰肌。向炎威，独逞芳菲。轻盈雅淡，初出香闺”的茉莉花上锁定。他在一旁打趣：“就知道你喜欢素雅清香的茉莉，犹如我喜欢姿态恬淡的你……”

抱回那素雅心仪的茉莉，满目喜悦，满心欢喜。捻一指花香，温柔与你在一起的每一寸时光。自己终究不是那种喜欢张扬的女子，一盏茶香，一本喜欢的诗书，几行随意的小字，一个灵魂相依的知己，默默相守，已是一份清欢，一份懂得的美丽。

岁月的长廊，谁也无法拥有时光的永久。缘分很美，却禁不起挥霍。努力地绽放，给自己一个芬芳的理由。待一室的馨香把一个人的生命浸透，你匆匆的脚步定会停留。这一季花开，只等你，俯身轻嗅。

当一朵芬芳溢满流年的枝头，俯身轻嗅那游弋在生命河流里的花萼，捻一抹素雅的花香，温柔岁月的沧桑。等到我们都老了，就坐在一起悉数牵手经历的温婉时光。即使我已白发苍苍，依然是你最爱的模样。即使时光旧了，即使素笺发黄，唯有一个名字依然在你的笔下，能醉了你的心房。因为那个名字里有我水袖轻舞的霓裳。

如果我也是一种植物，我想我不会是那种会开出耀眼花瓣的花卉。因为我没有她们那种夺目的娇艳和噬骨的美。或许，我只是一朵茉莉吧！有的只是一种淡淡的馨香和一抹素雅的美。茉莉花开，不喧嚣，不张扬。只在尘世的一角，用自己的清扬，等待那清水样的人儿用一眸柔情，轻抚她那素简的美丽。

每一个太阳初升的时刻，都努力地在风中起舞。给自己一个微笑的理由，让生命的枝头，溢满花香和祥和。给自己一个温暖的方式，以风的执念努力求索。以一朵花的姿态，面对生活的花开、花落。将光阴打磨成枝头最美的风景，与你在时光深处，静守一曲繁花似锦的岁月长歌。

岁月沧桑，时光绵长。我只持一朵茉莉的幽香，在光阴的枝头，素素开放。

紫藤，紫藤

暮春，如瀑的紫藤肆无忌惮地开着，满架繁花，一朵挨着一朵，挤成了一串串、一挂挂。那样的热热闹闹，而又那样的安安静静，它如瀑的紫色实在有一种不寻常的意境。

“紫藤挂云木，花蔓宜阳春。密叶隐歌鸟，香风流美人。”记忆中最早的紫藤盛开在李白的唐诗里。他用优美的文字诠释了紫藤洒脱的姿态和迷人的风采。紫藤的这种娇艳，一直在诗人的笔下延续了千年。

暮春时节，正是紫藤吐艳之时，小城的公园内但见一串串硕大的紫色花穗垂挂枝头，那种美，紫中带蓝，灿若云霞，在古意浓浓的枝头芬芳着岁月。

紫藤花色淡紫，盛开之时烂漫如云似雾，人们喜欢它紫气东来、官运亨通的寓意，于是紫藤便承载了祥瑞之气，作为植物中的吉祥物，传承了一个又一个百年。

我与紫藤的初遇是三年前在古都洛阳的牡丹园。清明时节，园内的牡丹姹紫嫣红、争芳斗艳，引得游人驻足、凝望、陶醉。惊艳我眼眸的不是国色天香的牡丹，而是园内老干、老藤虬曲而生的紫藤。

那一挂一挂如流苏般的紫色花穗，垂下的是我们青春的葱茏回忆，是我们步入中年的日月精华。紫藤挂云木，写不尽的是紫藤瀑布的美意。款款紫裙，一路逶迤着我们走过的春色撩人。

紫藤的美不单一，它要一卷卷、一挂挂，才美得华丽，美得大气。看紫藤不能只看它的花开娇艳的穗，它的美还属于它的老干，它的老藤。

紫藤的老干虬曲而生，仿佛一位历经沧桑的老者，从千年前的唐朝走来，一袭盛装，有着龙貌至尊，用一种特殊的魅力馥郁着数千年的光阴。

我想，开在万株娇艳无比牡丹旁的那株紫藤应是一个久居闺阁的佳人。牡丹花开得太过招摇，太过嚣张，招人嫉妒。紫藤不同，她深重有礼，既不过分张扬，又不素白得令人疏远。

一直觉得紫藤是一个淡雅的女子，有一种遗世的风骨，不唯唯诺诺，孤傲冷静，高贵神秘。

犹记得年少时，一度发疯一样地爱上了紫色。身上的一切服饰都是紫色的：紫色的衣裙，紫色的鞋袜，紫色的手袋，紫色的发卡……同学都笑我是紫丁香姑娘。我知道，我紫色年华中暗藏着母亲早逝的忧伤……

眼前的紫藤是层层绛裙，是款款回忆，是繁密庄重又不失洒脱的青春岁月。

暮春时节，绿意盎然，紫藤萝瀑是四月晴空下的一抹浅笑。坐在古意潺潺的紫藤架下，四周一片静寂。这世界，这四月，只剩我和紫藤相对无言的一团喜气。

那垂下的紫藤是一串串从江南雨巷走来的清丽诗句，那片片紫云是佳人眉间的淡淡愁绪，等待风吹起，那紫色的流苏便成了云中的锦书，一派盛装，只待那温柔的良人缓缓归矣。

数年前，洛阳神州牡丹园内的紫藤是我见过的最古老的藤蔓，公园内的紫藤虽不久远，那一挂挂、一串串紫藤花穗像紫色的瀑布，妩媚着暮春的天空，用温柔的花开依然在暮春葱茏轻响。

闲暇时光，总会到紫藤架下去坐一坐，像是赴一场前世的约定，它袅娜情重，我恩誓盟言。如此这般，于紫藤，于我才能心安。

“紫藤”两个字，有着婉约的美意，写出来或者读出来，都美到动人。有些事物就是天生美艳，即使一副冷冷的样子，亦是惊天动地的烈艳。

紫藤是一种植物，有一种紫色特有的气焰，虽然孤寂，却心神自怡。因为叫了紫藤这个音节上有些婉丽的名字，便格外动人，格外让人心心念念。

脉脉眼中波，盈盈花盛处。阡陌红尘，用一份真、一份纯，让紫藤的灵韵在岁月静好中沉淀生香。遇见美好，遇见紫气升腾，在朴素而珍重的一笔里，用懂得、用珍惜温暖生命。

梨花风起正清明

“梨花风起正清明，游子寻春半出城。日暮笙歌收拾去，万株杨柳属流莺。”清明时节，小城周围的梨花在春风中与朵朵春红竞相争艳。

天下的花中，要说白，当数梨花。春风荡漾，梨树花开，千朵万朵，压枝欲低，白清如雪，玉骨冰肌。

梨花白得清纯，白得玉洁，白得无瑕，如雪一般晶莹；美而不娇，秀而不媚，倩而不俗，似玉一般纯洁，引起了诗人们的遐想。

南北朝的王融《咏池上梨花》：“芳春照流雪，深夕映繁星。”温庭筠有诗云：“梨花雪压枝，莺啭柳如丝。”雷渊赞梨花：“雪作肌肤玉作容，不将妖艳嫁东风。”张建描写梨花初绽为“嫩苞开破雪搓球”，丘处机《无俗念 · 灵虚宫梨花词》以“白锦无纹香烂漫，玉树琼葩堆雪”赞美梨花。

记忆中，梨花一直和我的怀念有关。在双亲的墓地旁，有一个果园，每到清明时节，那一树树怒放的雪白梨花，便化成了我对父母深深的浅白色怀念。在我的世界里，瓣瓣梨花不是娇艳的春色，而是行行离人泪。

天地清明，春色正浓。在我的小城周围，有数家果园依偎。清明时，节果园内的果树彰显枝枝春色，姹紫嫣红。

那十里桃园在春风中那么艳，那么璀璨。桃花烂漫满村坞，风烟酷似桃园古。春风中，桃林里的桃花开得那么粉，那么美，那么浓。不用特别用心铭记，那种遇见已在心头与眉间变得灿烂、温婉。

残杏枝头花几许。躲在角落里的几枝春杏，在四月的春风中和一树树花色正浓的如雪梨花在暖阳下争宠。清明时节，在春风中一路行走，一路和花香相拥，一路和清风相遇。

春天是多情的，春天是魅人的，在这浓艳的春色里，我只想把春天别在一朵梨花上，让她在岁月里寄托我无边的怀念，让这永久的怀念化作洁白的梨花，在时光的隧道瓣瓣沉香。

梨花风起正清明。梨花在清明之际，以一抹抹如雪的娇妍，在双亲的墓地旁挺立，用她独特的方式，寄托着我们对逝去亲人的怀念。

怀念是痛苦的，怀念也是幸福的。当我的记忆又回到儿时的光阴，自己又再次沉浸在于父母的双膝前缠绕，享受那温暖一生的陪伴和眷恋时，那些怀念溅起的记忆浪花，朵朵都是甜蜜。

我出生在农村，生活在一个大家庭里，是父母眼中最宠爱的七公主。父亲做了一辈子教师，半辈子校长，他正直、善良，是个有极强责任心的人。他用自己的言行影响着他的每一个学生，熏陶着每一个子女。他曾经为贫困的孩子交纳学费，做无数次家访，让农民家长意识到知识对于一个孩子的重要性，给家长和学生们分别去讲述知识改变命运的事例，鼓励孩子们多读书，告诉他们外面世界多么美好。

父亲也非常重视对子女们的教育，从小就带着我们兄弟姐妹在他的书房中读诗书、习礼仪。我亦是在父亲的影响下，懂得了知识的重要和做人的厚重。在众多子女中，我是紧跟着父亲的脚步，通过努力和拼搏，最终成为一名让人尊重的人民教师。

母亲是一个勤劳能干的家庭主妇。那时候，我们生活虽然不富裕，但她依然能靠自己的一双手把一家大小十余口人的生活打理得井井有条。为了节约开支，母亲去买布料，自己剪裁，自己缝制，自己绣花，为那些朴素的衣服点缀些花边，用蕾丝做装饰，她把每一个孩子都打扮得整洁、漂亮、得体。

我是父母最小的女儿，他们对我疼爱有加，从没有让我吃过苦。在他们的疼惜、呵护下，我接受了最好的教育。认真读书、踏实学习，乖巧的我一直走在他们所期望的路上。父亲消瘦儒雅的背影在我眼里越发坚挺，母亲匆忙的脚步更是生活中最动听的节奏，他们成了我生活和工作的支点，更是我心灵深处的依托。

一直以为，父母会陪我一生，我会享受父母疼爱的幸福时光到地老天荒。谁知，天地有变，岁月沧桑。母亲在我年少时，因一场大病，永远离去。父亲也在我刚刚披上嫁衣的日子里，因为病变，撒手人寰。

在这二十年的光阴里，我以为我会在父母亲去世前的那一刻停留。可时光匆匆，不容停留。于是，怀念成了我心灵永远的慰藉。我在记忆里追寻，把点点滴滴的生活碎片串起，去重温双亲的温暖怀抱和爱的供养。

因为父母的离去，我一直惧怕清明这个传统节日。这样的假期，情绪低落到极点，无心出行，无心赏花，无心醉春，整个身心在这样的节气里，如同大病初愈，对什么都失去了兴致，对什么都软弱无力。

清明，这个沉痛的字眼，在我的记忆深处蛰伏，一直不敢触碰。太多的离别，与清明有关。噬骨的思念，化作梨花瓣瓣，注满素白的花枝，遥寄给天堂的一端，双亲安好，便是我的晴天。

梨花风起正清明，清明祭奠心仍痛。怀念中，瓣瓣梨花，行行泪。一种沉甸甸的情愫掺杂在我的生活中，无法割舍，无法忘怀。

每一个清明时节，上坟、扫墓、祭奠，那种在体内存在了二十余载的疼痛，依然如一把钝器切割着自己的身心。在这一天，我会用泪水浇灌坟前的碧草春花，让它们去传递我内心的痛与思念。总会有父亲的学生先于我们来到坟前祭扫，那朵朵洁白的梨花，是他们对父亲的怀念与感谢，这更成了我工作的动力。做一名好老师，做父母乖巧的小女儿，完成他们的期望与夙愿，我一直奔跑在路上……

清明时节，春正浓。情深化雨，无处寄。瓣瓣梨花，浓浓情。不是春景，是点点离人泪。

在这花开的清明时节，我把无限春景借一缕温暖的春风，遥寄给远方的双亲，愿他们在天堂，一切安好！

花香满衣

在仲夏的凌霄，柔条纤蔓，碧叶丹花，犹如游龙直上云霄。花繁叶茂的凌霄，红绿相映，宛若双色锦缎，蔚然可观。

唐代欧阳炯诗云：“凌霄多半绕棕榈，深染栀黄色不如。满对微风吹细叶，一条龙甲入清虚。”诗句描绘了凌霄花藤颇具龙之姿，花、叶在微风下宛若游龙的动势。

相信每个人都有一种花开在心底，纵使白驹过隙，依然会花香满衣。一直觉得，夏日里最美好的事情，莫过于坐在檐前廊下赏花、听蝉，淡看清风拂过，醉闻花香满衣。

夏日的凌霄花藤，一派葱葱茏茏。瓣瓣花开，灿若锦霞，看在眼里，心底已经萌生些许清凉。缘于对凌霄花的喜爱，每天，我都会在园中的凌霄花架前驻足、凝视，与花做一些精神对视。

每年的这个时节，凌霄花橘红色的花瓣便铺满了整个花架。那些从茸绿满满的架上冒出来的凌霄花，酷似一个个迎风唱响的小喇叭，在夏日的晴空下婉转高歌。一架的碧绿悠悠，一架的橘红艳丽，形成了一道夏日的独特风景。

漫步园中，只需轻轻仰望，花红叶碧的美景，便在眼眸间定格成一幅幅活的画。凌霄花的花语是“敬佩、声誉”，寓意着慈母之爱，又称母爱花，和冬青、樱草结成一束便是送给母亲的最好礼物。

凌霄花不但可以美化庭院，还具有药用价值，有行血去瘀、凉血祛风的功效。

那些低垂的花枝如悬挂着的橘红色铃铛，风一吹过，便摇曳成夏日的迷人风景，传递着满架浓浓的爱意。倘若你从花架下经过，不经意间，已是花香满衣。

那凌霄花特有的香气如同母亲的浓浓爱意，开进了你的心里，一生一世不会远离。凌霄花不仅以她的美丽装饰着夏日的天空，还有一个美丽的传说温暖着世间人情。

相传，闽西一个叫龙地的山村住着一户姓董的财主，他家有个可爱、美丽，又能吟诗作画的女儿——凌霄。

凌霄渐渐到了出嫁的年纪，她悄悄爱上了勤劳善良、高大英俊的长工柳明全。凌霄偷偷为柳明全缝制新衣裳，还经常把好吃的拿给他，两人山盟海誓生死都要在一起。

可财主和他老婆四处择婿，希望凌霄嫁个门当户对的人家。凌霄和柳明全相恋的事终究被他们知道了，财主怒气冲天，命家丁把柳明全毒打了一顿，然后丢到了荒郊野外。

柳明全在深夜就离开了人世。第二天，善良的乡亲们把他埋在了村外的小河边。过了几日，一棵大柳树很神奇地从柳明全的坟地上长出来，它枝叶繁茂，细长的柳条随风摇曳，好像在呜咽着诉说自己的悲伤。

因触犯家规被董财主关起来的凌霄，日夜思念柳明全，不吃不喝，面容憔悴。一天，凌霄从丫鬟那得知柳明全已去世的消息，她像疯了一样冲出家门扑到柳明全的坟前。凌霄姑娘在坟前拜了三拜，就一头撞死在柳树上，霎时变成一棵木质藤，缠绕着树干执着地向上爬，很快就和柳树依偎生长在一起，藤上还开满了橘红色的花朵。

后来，人们发现凌霄姑娘变成的花，可以活血化瘀、解毒消肿，能医治风湿性关节炎、跌打损伤等疾病。为了纪念凌霄姑娘，人们就把这种植物起名叫“凌霄花”，并一直沿用至今。真可谓：凌霄明全真情意，流传千年感天地；今日庭前葱如碧，花下经过香满衣。

隔着厚厚的时光纱幔，我感觉到了凌霄父母的冷漠和无情，而躲在老时光里的凌霄和柳明全，已被无终的情感折磨得凌乱不堪。也许只有满架的凌霄知道，凌霄花开的时节里，它是否惊艳了凌霄姑娘和柳明全两个人的平静时光。

薄如蝉翼的欢聚，已被岁月的指尖捻碎。眉目间的温柔，总也摆脱不了时光的离去。一些念，烙在心底，从不曾疏离。那份久存的默契，总会在不经意间摩挲着疲惫的灵魂，风一吹起，一些暖便在心湖缓缓漾起。凭栏酒，独自醉。长袖舞动，无语蹙眉。既然无法牵手百年，只求一朝相知，花香满衣。

其实，世间的每个女子都是一种花，只是盛开的花期不同罢了。每一朵花，都有自己独特的香味，只是香气不同罢了。

夏日里，那花、那香，都会化作一缕清凉，净化着温热的空气。那着一袭素衣的雅致女子，如同山涧的小溪，迎面走来，令人满目清凉，倍感清爽。

每年的夏天，我只愿凌霄满架，花开正妍丽，园子里喷泉阵阵，清风缕缕，花木飘香，有一个优雅的你手捧一卷书，闲闲安逸的样子，我坐于窗前书桌边，看着很是惬意。

因为墨香缕缕，因为花香满衣，因为眼眸可及处，有潺潺流水，凉凉清澈的喷泉，花架栏杆长廊下，有手捧诗书的你，这样一定是最美的旖旎时光，是吧？是的。

小满已过，春事归去，了无痕。就这样，在老去的路上，不急不缓地行走，看一袭云卷云舒，嗅一捧馨香盛开，品一茶一味静美。

在一朵花香里安顿自己

或许是出生在阳春三月的缘故，我喜爱着每一朵春红。在众多风月无边的春红中，唯有樱花，令我沉醉。

“樱花烂漫几多时？柳绿桃红两未知。”行走在红尘岁月中，总会有一种事物在心底让你用一生的时光与她痴缠。三月中旬，知道我深爱的樱花还没开放，在朦胧的月色下散步时，还是忍不住心中的期待，停下匆匆的脚步在花树下驻足、凝望。

那白色的花苞，状若苔米，在三月的春色中努力地膨胀。那暗藏的满目春色，犹如你的一生柔情。待我去赏花的那一刻，在我的眸间心痕努力绽放。

一到春色撩人的阳春三月，我就会给春天写一封长长的书信，告诉她，这一季旖旎春红的绽放有多么撩人。

我用如雪的白樱做笺，捻桃红灼灼为墨，在春风十里醉春情的烟花三月，用一份女儿家的真情点点，描摹成一曲春日赞歌。

三月，一场杏花春雨湿了眉眼，湿了春情，湿了春红。

浅浅的雨色中，墙角欲放的那枝春杏越发娇艳，眼眸的那枝桃花越发妩媚动人。白色的玉兰在浅雨中，端庄成一个成熟女人的模样，优雅、可人。

那如雪的白樱，似霞的红樱，努力地膨胀着满含春情的花苞，在杏花春雨的柔情中渐渐绽露笑容。

樱花红陌上，柳叶绿池边。燕子声声里，相思又一年。在和风徐徐的春日里，我的北方小城又是一年樱花白，又是一年樱花红。

折一枝春色，种一朵樱花绽放在心底。花开此城，情深彼城。

我的小城，三月的末端，四月的初始，是樱花漫天的世界。一到三月的最后几天，白色的早樱，便呼啦啦地开放，仿佛一夜间，所有的白色都被樱花收藏着、炫耀着。

那满树的樱花，在三月的枝头不顾一切地绽放着，那种白，无瑕、素雅、如雪、似玉。那种任性的绽放，如同一位情愫暗涌的女子，把那些蕴藏了一冬的思念，化作枝枝白色的花苞，在春风中努力地生长，拼命地绽放，绽放……

那些在枝头摇曳的樱花，仿佛在告诉春天这个她深爱着的情郎，她的一生锦绣，只为他一人绽放。

三月的末端，春色浓得撩人的双眸，撩人的魂魄。爱花的人总是耐不住花的诱惑，在春阳下，在春风里，与花香相拥，与春日相约。

春渐渐深了，樱花的美是最惹人眼的。周末，小城大学里的樱花节吸引了小城的人们和闻讯赶来的外地游客。最美樱花漫路时，沉醉人间三月天。白色的樱花在三月的枝头，奋力地绽放，彰显着蛰伏了一冬的花色。游人在花树下驻足、仰望，沉醉着、抓拍着这醉人的春色。雪一样的花树，一枝枝，一朵朵，在春风中，在暖阳下，翩若惊鸿，惊了游人的眼眸，醉了游人的心神。

早开的白樱，白得素净；晚开的红樱，红得妖娆。白的如雪，红的似霞。在暖暖的春风中，花枝招展，摇曳多姿，用一瓣瓣娇艳的花瓣，告诉世人，这个春天她来过，美丽过……

四月，怒放的红樱，似一位待嫁的新娘，倚着春的门楣，在风的渡口等着她钟爱一生的新郎。红樱那娇艳的粉，妩媚的红，白樱那淡淡的白，素雅的净，让你怎么看也看不够，怎么爱也爱不尽。

春风十里，不如你。春色醉人时，樱花开旖旎，真情满枝头。

行走在春色正浓的小城，用枝头朵朵娇艳的芳菲，串成摇曳在春的屋檐下的风铃，只是一低眉，就与你相遇，与花香相拥。然后，我就坐在春阳下，持一支素笔，蘸丝丝新绿，染几点樱花嫣红，在春的扉页上，为你写诗。

赏花归来，趁着周末，去花店搬回几盆泛着浓浓绿意的花卉植于室内。窗外，花树璀璨；室内，绿意葱茏。行走在春风里，用灵动的绿意，用一颗心怀美好的素简心，为你我打造一个不老的春城。

平淡的烟火，有花香，有茶香，有书香，有你，心心相印，惜惜相伴。一路行走，一路捡拾，让一个个烟火故事在文字里，花开锦绣，在生命里篆刻，氤氲成淡淡的墨香，如此这般，已是很好！

阡陌红尘，总会有一份遇见，温暖你的整个曾经。清浅的岁月里，一路行走，一路低眉捡拾生活中的小欢喜，在一朵花香里安顿自己，做个刚刚好的女子，不攀附，不将就，可以平凡但不平庸。用最美的心情，过好自己想要的日子，让生命中的情感，永远美丽、不朽。

余生，开开心心地度过属于自己的每一寸光阴，读几本养性的书，喝几盏心静的茶，写几行怡情的字，赏一朵最爱的花，看一些想看的景，走自己想走的路，忘记年龄的束缚，穿自己喜欢的衣服，过自己想要的生活，不攀附谁，不依赖谁，只在一盏茶、一支曲、一本书、一朵花的陪伴中，安享一份随心的清宁。

一路走着，一路精致着、优雅着、美丽着、健康着……不以物喜，不以己悲，心怀美好，淡定从容。在红颜渐退的光阴里，静守岁月的馈赠，不必羡慕别人的青葱，只愿优雅地老去。

一生看花相思老，何需海枯誓来生。春光无限，我只醉东风一枝。唯愿在一棵树下，欣赏一朵樱花的翩然，聆听一朵樱花的清音。凡尘来往，唯愿如此：不必贪恋繁华，只在一朵花香里安顿自己。

折桂香远

暗淡轻黄体性柔，情疏迹远只香留。何须浅碧轻红色，自是花中第一流。

梅定妒，菊应羞，画阑开处冠中秋。骚人可煞无情思，何事当年不见收？

——《鹧鸪天·桂花》宋·李清照

一直很喜欢秋天的旷美、悠远、绵长、浩浩荡荡。秋天的光阴，最喜欢的就是桂花的缕缕馨香。在路上，一树树的遇见，一次次的重逢皆是浓浓的秋色，那么静，那么清，那么悠长……

季节的脚步总是匆匆。前几日，夏日的余温还在贪恋一年中属于它的最后时光，在晴空下肆意渲染着自己的浓情和热烈，小城的街头依然是各色各样的裙装，迎着骄阳衣袂飘飘。几场细雨过后，气温骤降，转身，空气中只剩秋色之空的静美和桂花香气的悠远绵长。

秋色之空，周遭处处飘溢着浓浓的桂花香。风动桂花香。清秋的小城，有风吹来，处处弥漫着桂花的馨香。状若苔米的桂花，有着微黄的精致，潜藏在桂树枝枝绿条中，氤氲着清秋的每一寸光阴，一切静谧而美好。

每天早晨，一下楼就能闻到一阵或清或浓的桂花香味。那小小的花瓣散发出迷人的芳香，总能让我神清气爽。我习惯每天都要去闻那股香味，总忍不住吸了又吸那迷人的香气，总想把这独特的幽香藏入心底。

一阵凉风吹过，那星星点点的花瓣，零零散散地飘落下来，像一只只漫天飞舞的蝴蝶，停在了我的头上、身上、肩上，轻轻的、香香的，用缕缕柔情为我降一场又一场“桂花雨”……

有人说，桂花的香气犹如爱情的味道，甜甜的、腻腻的。生活因情爱而温馨，生命因花香而丰盈。桂花的缕缕暗香，熏染着生命的苍白，在陪伴中走向厚重。

秋水长天的光阴，枝枝桂花，在心湖漾起了朵朵涟漪。隔着很远的距离，我用嗅觉触摸着桂花熏染生命的香气。

风，吹开了一城的馨香，一串接着一串，一树连着一树。我站在秋风里，为你瘦了一地相思。

“我们站着，不说话，就十分美好。”顾城的诗句氤氲着暖暖的情意。就那么站着，站在你途经的路口，站成一棵开满桂花的树。

在清风明月中，用蘸满桃红的书笺为你写诗，让你深情的目光对一场热烈的花事写满一生的眷恋。看一路的美好在掌心上演，看花结的种子在岁月里长成一棵温情脉脉的桂树，彼此深情相对，不说话就已十分美好。

秋水长天，折桂香远。就这样，在一树树桂花的香气里迷醉、沉沦。若我用桂花煮酒，温暖薄凉的清秋，那一地金黄色的相思，会醉了谁的一世情愁？

清秋的风，从耳畔，这样吹过，清凉而柔和。周遭的空气，随风舞动，溢满花香，带着远处的梵音。

鸟儿一阵一阵地，在草丛中舞蹈、低吟，再吹过来的，我知道那是你在秋日里，声声暖暖的叮咛……

假日闲暇，听歌、赏花、读书、喝茶，看一程山水，翻几页闲书，写几行小字，捻一指桂花的香气，在静谧的世界里用文字朝圣。秋渐深，不悲秋，不强愁。心思若安宁，岁月便静好。

若可，我就把一生交给一瞬。坐在开往秋天的列车上，一路看尽，秋水长天，丹桂如金。与王勃为友，与白朴为邻。

“桂子月中落，天香云外飘。”喜爱花木的我，秋天里最想遇见的就是那些不张扬却香飘十里的桂花。冒着蒙蒙细雨，寻着怡人的花香，在小区一角找到群绿中一株花香四溢的桂花树，树上黄色的花瓣一朵朵地簇拥在一起，在秋空下努力地绽放，在空中散发着沁人心脾的香气。

驻足凝望，不用言语，与它已是互诉衷肠。这种温暖，正如人生中的一些遇见，无论多晚，只要出现就是美丽的缘。

秋韵在中秋，又逼近一分。一水月色在撒网，网住了游子的心。风从暗处吹来，撩拨着一城桂花的馨香，静夜的鸟鸣比幽静更轻。

桂香深处，我终于禁不起这美丽的诱惑，趁着夜色，悄悄地来到花树前，轻轻地折下一小枝桂花。轻嗅花香，轻抚花蕊，一颗心便在花事里沉沦。今夜，源于对花香的贪恋，我平生第一次做了“偷花贼”。

夜空，阑干搅动一地的碎银。月色微凉，我用桂花煮酒，暗香早已漫过西楼。嗒嗒的马蹄一波又一波，那份桂花捎去的思念，可曾送到你的城头?

在秋色渐深的岁月里，不理红尘，看所有的繁华，在我们的身后沉寂。珍惜当下，珍惜眼前，珍惜懂得，珍惜遇见，珍惜你给的美好，就是我想要的幸福。

想再偷一壶春光，渡大江东流。桂花树下，折桂香远，花开两瓣岁月，一瓣是思，一瓣是量。独坐幽篁里，与你，静赏桂花飘香；闲听，竹林涛声阵阵，一坐，便是一生的光阴。

且邀梅香度寒冬

踏雪寻梅，是冬日里最美好的一件事。

小寒时节，正是梅花初绽之际。小城的公园内蜡梅已展露笑靥，只是雪还没有如约而至。小寒的一大早，就收到爱好摄影的朋友发来的梅花图片。那嫩嫩的蜡梅，娇艳欲滴的粉梅，醒目的红梅，妩媚了整个天空。朵朵梅花像一个个羞涩的少女在遒劲的枝头，傲然开放，露出娇艳欲滴的脸庞。

一下子，一颗心就被这美丽的梅花俘获了，一个人，不可遏制地深深爱上了这冬日的绮丽景致。一直觉得，在孤寂寥寥的冬天，唯有绮丽的梅花和唯美的白雪能给苍白的冬天增添一抹彩色，让沉睡的冬天因为雪花不再贫瘠，让漫长的冬季因为梅花而变得妖娆。

若论踏雪寻梅谁最有韵味和情致，我总是会想起《红楼梦》里的贾宝玉和薛宝琴，这对金童玉女在雪地里去梅林寻梅，去妙玉那里为众姐妹折梅插瓶的画面：两个着一袭红裳的人儿，手捧红梅，踏着漫天飞舞的皑皑白雪，从远处缓缓走来。这一刻画面是唯美的，是灵动的，是清幽的。

因为这白雪，这红梅，这才子，这佳人，孤寂的天地变得美妙绝伦。因为被这绝美的踏雪寻梅图震撼，贾老夫人动了宝琴的心思，想让她嫁给宝玉，促成一段“踏雪寻梅”的爱情佳话。直到打听到宝琴已许给梅翰林家，她才肯作罢。

入冬以来，我一直在等雪花飘落，在等梅花开放。新年初始，本该是雪花飘零的日子，我的城飘洒的却是一场场细雨。人生有些期待终难如愿，恰如这个冬天我与一场雪花的遇见！

还好，我心仪的梅花没有负我，如同以往的花期，在小寒之际与我在时光中重聚。趁着周末的一些清闲时光，我漫步小城的梅园，与梅花进行了一场倾心遇见。

梅花的美丽在于她的姿态，她的韵致，她的清幽，她的淡雅。梅花没有华丽的面容，没有袭人的香气，只有属于她的淡淡的暗香，犹如一个优雅女子自身的女儿香，若有若无，让人沉醉，让人欢喜。

漫步梅林，一颗心一下就会被这枝头小小的花蕾深深地抓住。你会情不自禁俯下身子亲吻她娇嫩的花瓣，去轻嗅她的缕缕清香，然后整个人在梅花的清丽中陶醉，在梅香袅袅中沉沦。这一刻，四周清寂，唯有梅，唯有香，唯有我。

冬日最美的风景当属梅花的嫣然浅笑。腊月，是梅花的世界。梅苑内，放眼望去，一朵朵，一枝枝，一树树，入眼，满是梅花的俊雅，梅花的清绝。那种美会在你的眸里、心间落地生根。

梅花带着她的暗香从《诗经》和《尚书》中款款走来，途经几千年的时光，依然在岁月的枝头把她独特的美丽绽放。因为她独特的美，梅花被封为花中之魁。

源于对梅花的喜爱，有多少文人墨客为梅花写下了不朽的诗篇。林和靖的“疏影横斜水清浅，暗香浮动月黄昏”为我们描述了清幽的月光下梅的空灵，被世人传颂。崔道融的“香中别有韵，清极不知寒”道出了梅的冷韵冰洁，在寒冷的季节轮回，亦无怨无悔。

梅花是冬天最绮丽的风景。有月色的雪夜，如果你去赏梅，那一枝枝梅花便悄悄地、慢慢地在你的眼眸、在你的心头绽放，开成一幅有韵的江南水墨画，晕染着每一寸光阴。你的世界到处飘着淡淡的梅香，这种香会浸入你的骨髓，让一个人一直爱她爱到骨头里。

雪花一落，往事纷纷白，无人问起，就在此时，你可以放下心来，只记得他年梅萼清香来。心中有春天，梅自会开，四时自会芳香肆意。有梅的冬天，一如有你和他走过的小令，韵脚平仄分明。待雪花飘起，我只在静寂的夜里看月上梅影出。

小寒节气，恰逢腊八节，是一年中最冷的日子，是梅花绽放最好的日子。一早喝了他熬制的八宝粥，还有可口的配菜、面食作为早点。他对偶感风寒、身体不适的我体贴入微，关怀备至。天气虽寒，有温情陪伴，有花香旖旎，心暖!

在平淡的烟火中，与一个爱你的人牵手到老，等待一株梅花缓缓开放，轻品一盏清茶袅袅生香，闲翻几页诗书默默生韵……做个低眉嗅花、依依含笑的素简女子。

腊八，小寒，有花有爱，有温度有光泽。天气虽寒，与他牵手，与梅相对，心安!

因为遇见，一些美丽便随着缕缕挂牵篆刻进彼此的生命，即使经年流转，一些美好的碎碎念念在孤寂的冬日如一枝梅花初绽，依然是开在生命枝丫上最好的娉婷。

牵时光的手，希望梅香依依的时光慢一些，再慢一些，把所有的旖旎在生命中永存！越来越喜欢在静谧的时光里，守一树梅香，看一片雪开，用一纸梅红小字记录我们所有的曾经。

寒冬腊月，年年在北方妖娆的雪花竟也在岁月深处沉默，只剩梅香独自疏斜成一抹柔情，梅影飘香，在冬日的枝尖袅娜成孤独的山水。

站在梅林，忽然觉得树枝间的每一朵梅，都是为我而开，都为奔赴我的约定而来。我迷恋着梅花的清香，这种香淡淡的、柔柔的、轻轻的，酷似宋词里的月光，似江南的山水，用她的清幽提醒着我，这是梅的世界，这是属于梅的冬天。

伫立风中，一颗心沉醉在这淡淡的暗香里，我不再问雪花何时是归期，且邀一枝梅香度寒冬。虽然无雪，如此与梅花相依相守，亦是很好!

荷塘有花信

陆上百花竞芬芳，碧水潭泮默默香。不与桃李争春风，七月流火送清凉。

——题记

盛夏时节，小城公园的荷花开到荼靡，随着柔柔的夏风，为我送来一帧帧泛着荷香的花信。我对他说："陪我去荷塘吧，去晚了，就有早开的荷花要凋零了……"

去看荷花时，我特意穿了那件有着写意荷花的旗袍。这时候，自己的整个身体都是闲的，整个心也是空的。仿佛春来草木香，仿佛云落半亩田，仿佛一枚石子藏心间。这一切，与我，与荷，都是那么亲近自然。

倏忽温风至，因循小暑来。盛夏的日子，一阵阵热浪扑面而来，即使偶有风起，也是温热的。雨也开始多起来了，一场接着一场，不停地从天而落，或急促如瓢泼，或缓慢如珍珠落。有雨的日子，天色总是阴沉沉的，让人分不清到底是白天还是夜色，所有的绿色植物也变得萎靡不振，长成一幅陈年老画。只有荷花不惧炎热，在小城的天空，静默成一帧岁月唯美图。

周末，强烈的阳光如影随形地贴在我们身上，举手投足之间，甚至静坐不动，也能汗水涔涔。酷热的天气，让记忆的每个细枝末节都气喘吁吁，让周遭的每个日子都如坐针毡。

但惜夏日长，且等清风来。小城的荷塘是夏日里最好的去处。远离酷热的喧嚣，可以在荷塘边的静寂中纳一份清凉，可以偶遇一缕缕莲韵暗香。

盛夏晚晴天，池塘荷田田。因是盛夏，公园内游人甚少，整个公园内一片清幽、寂静，一副我爱极了的样子。

在一座座奶白色的小桥边，广袤的池塘里荷叶如盖，挨挨挤挤，绿到明目养神，绿到沁人心脾。一枝枝早开或初绽的粉色荷花或饱满，或初心亭亭。这时的她们如一位情愫暗涌的女子，等她们的有情人在耳畔呢喃着她们的小名，随后她们便在呢喃声中脸颊绯红，笑靥如云霞。

我一直是喜欢荷花的。每年都要在收到荷塘寄来的花信时，去荷塘与她们一一相认。无数次地亲近过荷花，不管是含苞待放，还是亭亭玉立，荷花都有别具一格的风采。盛夏的荷傲立在满池碧叶中，似锦上添花般为单调的荷叶添了一份清雅与柔美。

荷的香淡淡的，色也淡淡的，淡淡的粉色，清雅的白色，似乎很不起眼。但高贵、淡丽的姿态更引人注目，更让人喜爱。

行走在池塘边，无意中，看见满池碧叶繁花间悠然而立的嫩绿莲蓬。只见她周围的花丝还没落尽，只剩下一片花瓣在风中摇曳，而池中的花瓣则如绯红的信笺，载满了露珠，在水中飘荡，为我送来飘溢着荷韵的花信，为平淡的池水增添了一份别有意味的风韵。

随后，就连残留的花瓣也会慢慢落去，飘飘洒洒地落在荷叶上，落在池水中，但她清雅依旧，高贵依旧。立秋过后，就只留下失去保护的莲蓬，迎着秋日骄阳成长为一季的风情。

映日荷花别样红的景致，令人神往；荷叶挨挨挤挤的青绿也深深令人心醉。那青绿的荷叶仿佛片片碧玉一般。在碧玉旁边点缀的那一抹抹淡淡的粉红是一朵朵姿态各异的荷花，有的是小荷才露尖尖角，有的初心亭亭，有的竞相怒放……朵朵荷花争奇斗艳，尽情绽放着属于自己的美，在暖风中摇曳着自己独有的风姿。

坐在荷塘的小亭内小憩，心中却盼望着初晴的天空能有一阵雨来。坐在小亭内，听雨打在荷叶上，落在池中央，就那样在静谧中聆听，不说话也很美好。

如果说晴空下“接天莲叶无穷碧，映日荷花别样红”是一种莲韵飘香的静美，那么小亭挂雨声却是一种寂然清绝的禅意。

飘雨的日子，静静地坐在池塘中间的小亭内，看荷叶碧绿，挨挨挤挤，在水面铺成写意的水墨画。雨声如一串串音符，在水面溅起涟漪，溅成一支淙淙作响的心曲。

一直觉得雨打荷叶声是耳畔最美的乐曲，是大自然中最美的篇章。那雨，不必太大，一声声、一阵阵打在青碧的荷叶上，邈远而空灵，似串串断开的珠玉，在耳畔清响不绝。

在静谧中听雨，在淙淙作响中观荷，那荷就真的开到了心里。心中若有荷，每一念，便风雅无边；每一声，亦清响不绝。雨中观荷，小亭挂雨，这种寂绝的禅意，好似与一个故人在清幽中，倾情相见。

立秋过后，荷残莲生。那些娇艳了数日的荷花，渐渐褪尽了青春韶华，结满果实的莲蓬已在枝头悄然伫立，那深埋在谷底的莲藕也日渐丰硕。

夏日倾情，荷塘有信。花开是诗，花落是词，起笔如风，落笔如雨。夏雨荷风，你在韵间。风雅，不过如此。若能逆着时光，梦回大唐，醉卧宋殿，在荷的脉络间邂逅元曲明音，我愿赋予你每一个枝节，每一个花瓣，每一个莲子，每一个玉盘，一曲温婉的禅意。与你，年年岁岁相守，岁岁年年相依。

黄昏菩提

当夕阳的余晖为鳞次栉比的楼宇披上一件金色的纱衣，黄昏便赋予小城一种静谧的禅意美。

我喜欢黄昏的时候在小城的道路上散步，不管什么季节，黄昏的光总让人感到特别安静、温暖、舒适。这种安静是心情的安静，只是一抬头，便能看见道路中间伫立成林的菩提树，于是，喧闹了一天的心，在黄昏，与菩提树一起安静下来。

菩提树，树形优美，高大挺拔，冬夏不凋，给人以神圣、肃穆之感，一直是小城最美的风景线。黄昏的菩提树有静美的禅意。黄昏中，菩提的前世，菩提的惊艳，如一位风骨亭亭的女子，在夜色中拈花微笑。黄昏中观菩提，仿佛千年前的故人与你相认，万籁此俱寂，惟菩提入心。

“身是菩提树，心如明镜台。时时勤拂拭，勿使惹尘埃。”这是神秀禅师的佳作。凡是树，就会努力生长，凡是人，就应努力向上；凡是人，就会有人的温暖，凡是树，就会有树的风姿。菩提树如此，人亦如此。

在喧闹的车流边行走，有一种孤独的寂静，尤其是黄昏时分，阳光的金粉一束束从菩提树的枝丫间穿过，落在草坪上，和草丛里鲜艳的小花相得益彰，用一支夕阳赋予的笔墨，描摹成一幅醉人的水墨丹青。

喜欢菩提树的俊美、挺拔，更喜欢它的传奇和寓意。相传，释迦牟尼佛在菩提树下打坐修道时，菩提树神便以树叶为释迦佛挡风遮雨，保护他安心修道。菩提树被认为是佛教最早的护法神。在佛寺里，它的形象特点是两手拿一树枝，打扮成年轻妇女的样子。菩提树本名毕钵罗树，树为常绿乔木，叶子呈卵形，茎干黄白色，花隐于花托中，树籽可作念珠。

由于它是佛教圣树，东南亚国家佛教信徒常焚香散花，绕树礼拜，沿袭成规。

行色匆匆的脚步，烦琐的尘世，人们的心情变得焦虑、浮躁。快节奏的工作、高压力的生活，让人变得麻木，丢失了情趣，变得乏味。很少有人慢下脚步，抬头看看这风情独特的菩提树。着急的话，慢慢地说，脚下的路，稳稳地走。让我们放慢脚步，明净心情，用感恩的心摸摸夕阳的秀发，与菩提树对话。

许多人喜欢高楼林立的水泥森林，但对我而言，住在不繁华的小城，看湖水澄澈透绿，四时的花木葱茏，高大的菩提俊美，满池的素荷依依，更有情味。人生如果可以选择从容的心情，我愿我的余生时时都有欢喜心，晴天时爱晴，雨天时爱雨。愿我的心情如清风一样，匝地、有声；愿我的人生有菩提在心，淡定、从容。

有时候低眉，只是想告诉自己，生命中的一些不得已，自渡才是到达彼岸的最好途径。

热播了许久的电视剧《我的前半生》，罗子君的情感故事告诉我们：爱情也好，婚姻也罢，都是一条单行道，需要两个人并肩前行才能有结果。

只有在对方眼中，看到了自己最好的样子，才会下意识被对方吸引，然后一点点靠近。这恰恰是爱情最好的状态。

比起长相，一个男人的智慧、人品和才华更值得赞扬。对于两个人而言，最重要的是彼此成长和共同进步。和这样的人在一起，婚姻才不会成了将就和凑合，而是会充满人情味儿，会让你心种菩提，遇见更好的自己。

真正适合在一起的人，就是和他在一起之后，你会变得更好，而不是更糟。和这样的人在一起，你不仅仅是遇到了爱情，更是遇到了人生的知己。

心种菩提，借人之智，完善自己。学最好的别人，做最好的自己。一个女人，最美的，不是锋芒毕露的凛冽，而是嫣然一笑的柔美。

“心安茅屋稳，性定菜根香。世事静方见，人情淡始长。”我们生命里会有许多快乐时刻，也有许多不快时刻，一个人幸福的秘诀，便是抓住快乐的时刻，把它扩大，使它更充盈；转化不快的时刻，使它得到清洗。

每日欢喜着，室内的花木越发葱绿油亮；小区的紫薇花开得正盛；炎热的夏日因为一场透雨变得舒适清凉；独处的时光读了一本好书，听了一首经典老歌；梦中醒来，看到你写的绵绵情话……

每天，抓住快乐的时光，让心情在阳光下发芽，保持明净的心灵世界，做一个快乐自足的人，用心体会独处的丰富和人生的幸福。

亦舒说：“做人凡事要静：静静地来，静静地去，静静努力，静静收获，切忌喧哗。”孤独其实很强大，她让你既不会奢望，也不会依赖。唯有沉淀下来，找到自己，才会走向成熟。享受孤独，本身就是一种了不起的才华。”

小禅说：“一个人的丰富来自于后天诚恳的修炼。它需要不断打磨光阴和自己，让自己变得坚硬而柔软，低调而有光亮，有精神强度又有韧度。”

从容彼岸是生活，让我们用一辈子的时间遇见菩提树下的光阴，遇事时如老僧无戒，单纯时如孩子天真。

“垂丝三尺，意在深潭。”走在川流不息的街头，仰望着高大俊美的菩提树，我听到自己清晰而渺远的足音，仿佛走在幽静的山谷之中。

我知道，我们走过的每一步不一定完美，但每一步都应该有深远的意义。心怀明净，与黄昏中遇见的菩提同行，时时拂拭心灵的尘埃，让心灵在烦琐的世界得到真实的归处。

第二辑　为心灵做一场瑜伽

为心灵做一场瑜伽

读朱成玉的文字就像炎热的夏日，有潺潺的溪流从心田流过。那种感觉就像给因工作和生活变得浮躁的心灵做了一场瑜伽，温暖而妥帖，清凉而舒适。

初识朱成玉是在女儿中招考试的语文阅读题中，看着他那充满灵性、充满爱意和温情的文字，心底里漾起对生命的思索，对美好的渴望。他那篇《别踩疼了雪花》印在了中考试卷中，也深深地印在了我的脑海里。

一直觉得朱成玉是个温情、诗意，有一颗感恩心的男人。近日集中捧读他的《爱一朵花，陪它盛开》《心有余温，尚可暖秋》两本散文集，更加深了我的这一感觉。

他的散文所记述的都是凡人小事，琐细生活，却字字句句入情入理，往往以小见大，其中蕴含着的人生道理常常引人思绪万千，深受启迪。所以他的文字一直深受中学语文老师的追捧，一直是中学语文试卷中的经典阅读。

他的散文富有哲理，但不古板；取材于生活中的小事，但不平淡。

他的每一篇散文的标题就是一句清丽的诗句，依着平仄有致的韵脚在人生的章节谱写着喜悦和收获，幸福和快乐。

单单他的散文标题就足以吸引你的眼眸："梦是夜的花朵""雪花，春天的邮戳""落叶是疲倦的蝴蝶""为灵魂降一场雪""风是不睡觉的鸟""人生是一条蹦跳的鱼""孩子是落到地面的云""如果月光偷饮了你的美酒""那一团瑟瑟发抖的暖""与一只鸟共叙桑麻"……这一切富有灵性的标题都够让你想要细细品味并探一探其中的究竟了。

如果沉下心来走进他的任何一篇散文作品中，你会被文中氤氲着的浓浓诗意和人生哲理所浸润，所启迪。这诗意、这哲理不仅仅体现在他的用词精练、对篇章的布局或结构的经营上，更体现在字里行间所透露出来的他的灵魂信息和生命格局。

朱成玉的散文向来以细腻著称，从不多言，每篇都短小精悍，想必每一个字都在他的脑子里经过精心筛选，滤去烦冗，留给读者的都是一些精华种子。

读他那篇《呼吸一种叫慢的空气》，感觉如春风拂面，为我因工作而浮躁的心灵做了一场瑜伽。他的文字可以让我们的心慢下来，去享受生活中的美好。

朱成玉是一个温情的诗人，是一个温暖的作家，更是一个温柔的父亲。从他近期的文字中可以感受到他发自内心的浓浓父爱。他深爱着小米粒儿——他生命中的天使。他用文字记述着孩子的点滴变化，记录着孩子带给他的一次次惊喜。

"小米粒儿三个月大的时候，我在夜里醒来，看到她竟然是醒着的，不哭不闹，安安静静地在那里，看着从窗帘缝儿里透过来的一朵月光，并用她的小手，不停地捉着它……或许她以为我受了什么委屈吧！那一刻，我便知道了，那天晚上的月光，已经深深植入了她的心灵。"

读着这样的文字，整个人都会因为这父女情深而变得温柔。这文字里积蓄着浓浓的父爱、浓浓的亲情，让你感动。

朱成玉说："我喜欢那些诗一样的句子，每个段落之间，每个词语之间，都有文字的香。每个汉字的缝隙，都露着月光。"

他的文字就溢着花香，露着月光，适合静静地读，慢慢地品，那些字如那清爽甘甜的山泉，从你的眼前潺潺流过，轻轻的、柔柔的，为你浮躁的心灵做一场瑜伽……

风华如烟

荼蘼开，花事了，花约迟，风信早。风华如烟一挥间，红颜刹那弹指老。

——题记

近日，偶遇一组戏曲里的花旦图片，心中甚是喜爱。那些惊艳了双眸的装扮，那些一低头的妩媚，那些一曲霓裳歌罢后，万般风华绕指柔的娇羞，让蛰伏在我灵魂深处的有关戏曲的片段，蓬勃而出。记忆里最为深刻的章节是花旦们在舞台上的风华万千。

每每观看戏曲《霸王别姬》，心中便会不由得想起易安的诗句："生当作人杰，死亦为鬼雄。至今思项羽，不肯过江东。"红颜已逝，江山已丢，无人共话巴山夜雨，无人共剪西窗红烛。一声长叹：江东难回。

项羽，战场上失败的战神，后人敬仰的英雄，与心中痴念的女子虞姬，在无数的沙场辗转中，豪情换柔情，相依相伴。本该是一段唯美的爱情，无奈，烽火无义，沙场绝情，四面楚歌声里，一个拔剑自刎，一个绝烈饮剑乌江……

这悲烈的一瞬，在中国的戏曲舞台上定格成永恒，演绎了一段最为荡气回肠的古典爱情。真可谓：荼蘼开，花事了，花约迟，风信早。风华如烟一挥间，红颜刹那弹指老。

打开岁月的栅栏，蔷薇花的幽香扑鼻而来。也许你不知道，但是我却明了。蔷薇灿烂的日子里，你温暖了我最美的季节。朵朵蔷薇，美如彩色锦缎，铺满了岁月的青墙黛瓦。时光中，是谁牵动了寂寞的红绳，丝丝扣心。

时光的沙漏，一指风华如烟，还好，我没错过，已然同行。一些约定，已然入了生命的门，不必盟誓，已是永恒。着一袭彩衣，长袖舞动，低眉不语，已是万般柔情。人生如戏，戏如人生，岁月的舞台，步履匆匆，谁是谁的过客，谁又是谁的永恒？

京剧《贵妃醉酒》是一出典型的中国戏曲，也是梅派经典剧目，是我最喜爱的一个曲目。

故事发生在唐玄宗时代。唐明皇（玄宗）与贵妃杨玉环相约在百花亭设宴，饮酒赏花。到了这天，贵妃在百花亭候驾多时，未见驾临，太监来禀，皇帝已转至西宫。贵妃闻知此讯，心中极为不悦，万端愁绪无以排遣，只得一人独自饮酒，赏花解闷。宫娥太监轮流进酒，不觉喝得大醉，醉后更觉烦闷，命高力士到西宫请唐明皇来此共饮。经高、裴二人婉言相劝，才满怀怨恨，独自回宫。

梅兰芳的表演历经磨砺，臻于化境。唱、念、做、舞俱佳，情味婉约，表演含蓄。剧中对醉态之下悠绵的宫怨表现得深具古典美韵味，创造出“有意味的形式”，尤其卧鱼闻花、衔杯醉饮等舞蹈范式具有迷人的魅力。

菩提树下，一指清音。茶香袅袅，岁月留痕。柳丝如碧的河岸，荷花亭亭的塘边，菊影独立的庭前，暗香入鼻的梅苑，季节总在不断地变迁。有一些情感在淡墨云端慢慢晕染，也许下一刻，也许下一刻的下一刻，终会被时光掀过这一页，一切都会被岁月湮没。

有些陪伴已然成了习惯，一些思念总是在风起的日子里从我的记忆里漾起。也许只有你知道，在蔷薇似锦的日子里，我是否惊艳了你平静的时光。

风烟模糊了时光的纹路，青墙黛瓦又是一季繁花。也许我只是繁花中的一朵，独自摇曳在不再青葱的年华里。而后，在时光里，褪尽所有的风华。昙花一现，刹那芳华。也许，我还没来得及在你的世界里植入深深的记忆，你就要为这千年前的相遇封笔。

一些点滴，化作清愁，盛开在最美的年华，醉了光阴。我曾试图握紧，它却总是从指缝间溜走，变作指尖的流沙。

一支霓裳曲唱响耳畔，万般绕指柔涌现心间。风华如烟，染了经年。一句懂得，唯美了遇见。那一年，断桥遇见；那一年，风华无限；那一年，君是琴瑟，卿是流年。

打开记忆的小栅栏，蔷薇如烟，落了一眼，一地的花瓣。是谁偷喝了千年的陈酿，滴滴醉人，口口甘甜。一湄好水，犹记蒹葭。漫不经心地游走，怎么也无法走出你的视线。一些记忆，早已不再是记忆，已然深入骨髓，成了习惯。即使，岁月变迁，风华如烟。

遇见另一个自己

一直以来，自己都是一个喜欢简约的女子。喜欢和自己有着相同爱好的人交往，喜欢避开城市的喧嚣，去幽静的地方走走停停。读书亦是如此，一直喜欢读那些能触动心灵的句子，在文字行走间遇见灵魂深处的另一个自己。

女人只要经营自己，什么时候都不算晚。韶华将尽，学会经营自己，学会打理自己。做人有度，进退有尺。坦然面对红尘中的沉浮，心如果淡定，便是优雅。

人生最大的成就不是别的，而是成为真正的自己，让那个真正的自己，无论面对什么，都不被伤害，不被泯灭。让一种发自灵魂深处的爱，在心灵的湖底开满圣洁的莲花!

轻是一种心态，也是生活的一种状态。越来越喜欢做人生中的减法，喜欢褪去人世的烦琐与浮华，只留最轻、最柔的一层给自己。年华向晚的岁月，越来越喜欢轻，越来越喜欢简朴。轻到心里只剩下一个人的缠绵；简到眼眸中只有植物的葱茏，花朵的馨香，禅茶一味，心灯一盏。

只有频率相同的人，才能看见彼此不为人知的优雅。你喜欢的人，其实就是另一个自己。在灵魂最深处与花开相拥，与自己相遇，娴静地生活、品茶、写字，做个心中有爱、掌心有痣的女子。

一直以来，交友、读书都不喜欢浓烈。忽而盛开是一种淡泊的美，犹如两个人的交往，不必浓烈，只需淡淡喜欢，深深隐藏。彼此牵念中，在岁月深处蕴藏一份久远的暗香。

喜欢淡泊的时光，不必繁华奢侈，只喜爱清雅幽静。周末的世界，一花，一人，独处；一杯茶，一本书，养心。没有喧嚣的红尘，只有可想的斯人，如一束娇艳的樱花，在心底忽而盛开。

人生就是一场折子戏，总会有一些不期然的片段会勾起隐匿在你心底的温暖。一首经典老歌，一个暖心的生活镜头，一段别人的感情故事，都会让你想起你和他（她）一起走过的路，牵手做过的事，一起看过的风景。

记忆碎片，如一场旧时光里的老电影，在脑电波里循环播放。那些情韵，那些景致，因为有着岁月的体温，所以有着风定素花开般的阒寂。那些碎碎念念如一朵朵洁白的花，在一个人的世界里静静地开，静静地落。

文字里的交流，必然是最柔软的。这是一份灵魂的吸引，是一种心灵的沟通。一切与文字有关的遇见都是丰盈生命的暖。在文字里行走，用一颗恬淡的心，遇见温暖，遇见自己，遇见经典。

喜欢在安静的夜晚，写几行字，记录心灵的悸动，芬芳自己的生命。窗外无月色，月色洒在我的心里。架下无芳菲，花儿开在我的心底。你从遥远的前世走来，敲我心窗，许我桃花，一切都潜藏着轮回的秘密。我不知道未来的命运会有什么约定，我只有选择一切顺其自然，让一个梦在顺其自然里延续着另一个梦。而我，就只爱这前世的轮回，爱这夜的幽静。

人生是一部硕大无比的书，我们遇见的人，看过的景，经历过的事，都是书中的一个或甜蜜或痛苦的章节，一个或长或短的标点符号，一个有韵律、有灵性的字符。这过程，无论悲喜，都要我们一个人去书写，去面对。

一切美丽，在生命里注定与你相遇。一朵朵花儿开在生命里，开在心底里。婉约成平淡烟火中的诗行，唯美成岁月之书的篇章，让生命因为美丽的遇见而精彩，而丰盈。等到时光旧了，人儿也老成一帧暖暖的日历。一切美好的遇见，依然是沉淀在岁月深处的温暖回眸。

娴静是一种美，书卷气更是一种美。有一种女子，虽不貌美，但是周身氤氲着浓郁的书香气，与之相处，让人觉得安恬、舒适。书是人生最好的伴侣，最忠诚的情人。读过的书，会化作一种气质浸润着你的生命。有一种美丽，就是在书的世界与经典相遇，与自己相逢。让生命因为文字里的遇见，活出优雅从容的姿态。

女人的生活必须精致。读书、写字、养花、旅行……让小情小调把生活夹缝里的日子过得活色生香。忘记岁月的叨扰，做个有趣的女人，在时光的侵略中游刃有余地行走，用优雅和情调击败岁月的苍白。

闲暇时，独自在小城的街道行行走走间，偶遇一处繁花盛开。星星点点的花儿，芳香四溢，在阳光下摇曳多姿。驻足、低眉、凝视、莞尔。原来，人生总有一些美好，与你，与我，会不期而遇。

小暑的节气，空气潮湿，温热的风在耳畔习习拂过，不惊扰尘世的静美。窗外的蝉儿，在用它的歌喉宣告着空气中的闷热。雨后的竹林越发葱绿、诱人。一个下午，不理红尘，只沉迷在一个人的世界里。守候一份孤独，贪恋一份清欢。喜欢这茶香，这翠竹，这老宅，这青花，这旧词，还有耳畔飘来你的暖暖絮语。

世上最贴心的温暖是遇见岁月中的美丽，跟身体谈场恋爱，遇见更好的自己。红颜渐褪的光阴，岁月沉淀后的一切美好，会在一个人的花园里绽放出怡人的芬芳。在芳菲争着取悦眼眸的季节，用青青绿绿的蔬菜，蘸满一庭院的诗意，烹制出光阴的清凉。着一袭旗袍，让素荷的寂寂之美，在心头永远绽放。

一切的努力，皆是为了遇见更好的自己，而不是透支生命。当夜幕降临，窗外响起阵阵急促的雨声，我不理红尘，只依窗听雨。温暖的世界里，用一颗初心，躲在寂静一隅，褪尽所有的喧嚣，捻一抹暗香，写一封长长的情书给自己。

晨起，小雨依旧在耳畔淅淅沥沥，浅吟低唱。假期的时光，急匆匆的脚步慢下来，浮躁的心情静下来。一个人，在静谧的世界里，侍弄花草，看枝间有新绿，问岁月有暗香，一切安好，不悲不喜。

小雨似一位有灵性的女子，用柔情洗去风中的尘埃，让一切美丽在光阴荏苒的季节里遇见花开，遇见阳光，遇见自己。此生唯愿，恬静含笑，得失皆欢。

炎热的暑季，我的城，蔷薇花在时光里依旧不管不顾地开放着，开得那么热烈，那么妖娆。满目的蔷薇在枝丫间，在绿色中吐露着自己的容颜。伫立在花墙前，我感觉到了蔷薇花的自由，看着她毫无顾忌地在夏日的天空怒放。忽而觉得，我们的一生也应如一朵花儿一样，既可以在岁月的天空有所承担，又可以自由地努力绽放。

在时光的流里，我愿作一朵自由花，用一颗素朴简单的心灵，抚平流年的伤痕，遇见从容的欢喜，遇见另一个自己。

淡妆浓抹总相宜

从婉约豪放、典丽清雅的宋词间走过，我独独爱极了既有豪放之气概又有柔情之胸怀的东坡。每每读到东坡的“欲把西湖比西子，淡妆浓抹总相宜”，总能越过苏轼，想起王朝云。

东坡与朝云西湖初遇时，被贬为杭州通判，是个辅官，只负责审案，公务并不繁重。闲暇时，喜爱山水的他就和好友游山玩水，饮宴赋诗。在杭州灵山秀水间乐陶陶地生活。一日宴饮时，初见轻歌曼舞的朝云，便看得入神，觉得该女子仿佛很久以前就认识。或许，他真与王姓女子有渊源，他的妻子总姓王。

“千万年里千万人中，只有这少年便是他，只有这女子便是她，竟是不可以选择的。”这一句话用于苏轼和朝云最恰当不过。宴席上，朋友请他赋诗，他脱口便是那传唱了千年的《饮湖上初晴后雨》。

诗明写西湖旖旎风光，而实际上寄寓了苏东坡初遇王朝云时为之心动的感受。这位聪慧机敏的玲珑女子，风尘中人，由于十分仰慕东坡先生的才华，且受到苏轼夫妇的善待，十分庆幸自己与苏东坡一家的缘分，决意追随东坡先生终身。并在苏轼和苏夫人的调教下，成了一个识词解意的“如夫人”。

无论是地位显赫的苏轼还是被贬落魄的苏轼，朝云一直陪伴在左右，用满满的柔情温暖着他颠沛流离的烟火。

在苏轼所有的妻妾中，唯有朝云与他相知最深。一举手、一投足之间，他们便可清楚地知晓对方的心意。而苏轼所写的诗词只有朝云最懂个中蕴藉，哪怕他只是轻描淡写，朝云也能读出其中的感伤。苏轼被贬惠州时，朝云常常唱那首《蝶恋花》词，为他减愁解闷。

在朝云逝去的日子里，苏轼的内心不胜哀伤，陆续写出《朝云墓志铭》《惠州荐朝云疏》《西江月 · 梅花》《雨中花慢》和《题栖禅院》等多篇诗词文赋来悼念他世间的知心人。苏轼和朝云用入骨的相思铸成一段千古凄美的爱情传奇。

世人多评定苏轼为豪放词派，其实东坡的情词小令一样写得清灵婉约，柔美疏秀，读来如一江春水自东流，令人耳目一新。

“十年生死两茫茫，不思量，自难忘。千里孤坟，无处话凄凉。纵使相逢应不识，尘满面，鬓如霜。夜来幽梦忽还乡，小轩窗，正梳妆。相顾无言，唯有泪千行。料得年年断肠处，明月夜，短松冈。”这是亡妻王弗亡故十年，苏轼与继配王闰之结婚六年后，在王弗忌日时，苏轼悼念亡妻写下的惹得世人落泪的一首词。

苏轼即使娶了王闰之，心里依然留着发妻的位置。所以，王弗病逝十年后，他依然记得她在小轩窗下梳妆的情形，于是在她坟前黯然落泪，无处话凄凉。

他不是生前辜负，死后说相思。这样的爱，纯粹、厚重。一首《江城子》，读破苏轼一片心。

作为北宋大文学家、书法家、画家，在诗词、散文、书法、绘画等方面都有杰出成就的苏轼，所做诗词挥洒自如、明快豪放，善于运用新鲜的比喻描写山水景物，善于从常见的事物中揭示深刻的哲理。因为苏轼一生为情所重，多情宽厚，所以时有女子示好。

在苏轼任杭州通判期间，一日在西湖饮酒，忽然，从湖上驶来一条彩色小舟。舟上有一位三十多岁的美丽女子，那女子到了苏轼船前，自报家门，说她自幼喜爱苏轼的诗词，听说苏轼来游湖，便顾不得妇道礼仪，特来见苏轼一面，为东坡弹琴一曲，以了她多年的心愿。女子的琴音如诉，气质娴雅高贵，让在座之人为之动容。

一曲弹罢，女子恳求苏轼赐予一首小词给她。苏轼在众人面前不好反驳她的盛情，当即作词一首《江城子》：“凤凰山下雨初晴，水风清，晚霞明。一朵芙蕖，开过尚盈盈。何处飞来双白鹭，如有意，慕娉婷。忽闻江上弄哀筝，苦含情，遣谁听！烟敛云收，依约是湘灵。欲待曲终寻问取，人不见，数峰青。”

一个有才华的男人总会得到女人的喜爱和仰慕。“缺月挂疏桐，漏断人初静。谁见幽人独往来，缥缈孤鸿影。惊起却回头，有恨无人省。拣尽寒枝不肯栖，寂寞沙洲冷。”这是子瞻写给素未谋面的惠州女子温超超的《卜算子 · 黄州定惠院寓居作》。

温超超因喜欢苏轼的词，认定苏轼才是她的夫婿，不肯嫁人，天天徘徊在他的窗外，听他吟诗作赋。苏轼恐有不便，匆匆离开惠州。温超超思念成疾，红颜早逝。

“思念令人老，岁月忽已暮。”读到汉代《古诗十九首》中的这两句时，感觉它里面包裹着一根银针，在一刹那，把一个人的心扎得好疼。温超超就是个这样的女子吧，一颗心在对一个人的思念里慢慢老去。她对他的思念像碧绿的春水一样溢满了空荡的池，波心盈盈，荡荡无极。思君令人老，这种念，可以是一生，又或者是一瞬。

有时候，爱情可以很长久，长到一生一世，可是有时候，爱只是一池碧水，一树春花，一陌杨柳，一窗月光，天明了，就要干涸、萎谢、褪色、消失，短暂到你还没伸出手，一瞬间，爱就已在眼角暗淡下去，剩下的只有沉沦。想必这就是爱了，虽然痛着。经年后，苏轼故地重游，悚然动容，为她写下了触动世人心灵的清雅之词——《卜算子 · 黄州定惠院寓居作》。

西湖弹琴的女子和温超超只是苏轼生命里的插曲，不是他无情，亦非薄幸。只是我们一生中会遇到许多人，真正能在生命里驻足的又有几个。繁华落尽，生命终是走向荒芜的渡口，我们自己也只是生命的过客。

喜欢苏轼，并不单单因为他豪放大气的诗词和他在宋朝不二的才气，还有他对所爱的人感情的专一。王弗、王闰之、朝云，以及素不相识的温超超，带给了苏轼多少回忆？留给苏轼多少温情？丰厚了苏轼多少文字？

虽然她们是他生命里不同时期的不同解语花，但他对每个人都很珍重，彼此之间没有模糊的替代，清楚地知道自己需要谁。若爱的时候，就只爱一个人，不让旁支进来掺杂牵扯。这样的爱就如珍珠，是那么金贵圆满，令人敬佩。

有人说“苏轼是一位永不背叛感觉的性情中人”。我深深认同。虽然他一生多个妻妾，但仍不失为一个痴情中人。没有人知道爱情会是怎样的结局，但若爱了，就要如子瞻一样，爱得这般豁达、明亮、九曲柔肠。

生性洒脱、不拘形迹的东坡，这个横绝千年的男子，天资卓绝的才人，无论是对待亡妻王弗的情深义重，还是对待续配王闰之的真情相伴；无论是对待知己朝云的疼爱怜惜，还是对待西湖弹琴女和温超超的宽厚多情，在历史的天空，苏轼的笔墨描绘的情感总是——淡妆浓抹总相宜。

谁念西风独自凉

一直很喜欢纳兰容若，不仅仅是因为他的旷世才情，还因为他的绕指柔情令世人仰慕、敬佩。

纳兰容若与生俱来就携带着高贵的金冠，因为他的身上流淌着纳兰世家的血液。纳兰世家是一个集荣华与贵胄、显赫与威望的家族。

容若有着旷世才华，用他的多情风骨，拨动了大清王朝的玉骨冰弦，在康熙盛世弹奏了一曲人间绝响——《饮水词》。

家家争唱饮水词，纳兰心事几人知？他自诩是天上痴情种，不是人间富贵花。纳兰是词中帝，却是情中奴。他的一生为情而生，为情所困，为情而亡。

一个人的一生，就是一个个故事堆砌成的一座城。这座城是用无数个青葱的日子堆砌而成，每一个烟火日子都是城里的一砖一瓦，每一个碎碎念念都是城里的一柱一梁。城里的岁月，因为生活，因为情感，而充盈，而丰满。岁月无边，人生有涯。

让我们在有限的生命里，遇见应该遇见的，拥有自己可以拥有的，珍惜自己能够珍惜的。不要让唯美遇见，匆匆擦肩。不要辜负人生仅有的一次贪恋。明月孤舟相伴，繁华关在城外，独与你品尝这一味人生清欢。

此情可待成追忆

读过纳兰的人，都知道他年少时有一段刻骨的爱情。

贾宝玉有一个美若仙子的黛玉表妹，林黛玉不仅有惊艳的容颜，还有绝世的才情，让年轻多情的贾宝玉捧在手心里来疼惜。

上苍也给了纳兰这样一个表妹，一个父母双亡、孤苦无依、寄居在明府和纳兰青梅竹马的表妹。

初次相逢时，纳兰应该是七岁。青梅表妹被一辆破旧的马车带到明府。青梅表妹如一朵出尘的洁白梨花，清新绝俗。尚不知男女情事的纳兰，就为这朵纤尘不染的梨花深深迷醉。

他们两小无猜，青梅竹马。她陪他读书写字，为他研墨裁纸，为他烹炉煮茶。就这样在青梅表妹的陪伴下，纳兰爱上了诗书，成为名誉全清的神童。纳兰也给了寄居明府的表妹真正的温暖。

他们在温情的陪伴中渐渐长大。一个俊朗不凡，谈吐优雅；一个美丽娇艳，冰洁娴静。在彼此陪伴的一曲琴音，一阕清词中低眉含笑，情愫暗生。

当一个人陷入感情的深渊时，眼前的一切事物皆有爱，皆含情。这时的纳兰是幸福的，是快乐的。他把万千柔情，融入诗词中。

幸福总是短暂的。当纳兰和表妹还没来得及好好相爱，还没来得及许下三生誓言，表妹就被纳兰明珠夫妇悄然安排，送入宫门。表妹因为出众的才貌，被康熙选为宠妃，幽居深宫。纳兰与表妹的青梅竹马，十年的朝夕相处却抵不过皇帝的一个浅眸。

纳兰失去了生命中最重要的爱情。他在追忆与表妹的往事中，寄情于文字，把生命和文字交融在一起，煮字疗伤。

我们记忆里遇见的人，看过的景，经历过的事，在岁月的磨砺下都成了往事。往事是一帧一帧的旧图，在时光里蕴藏。那些走过的路，遇见的人，经历的事，在岁月的变迁中都变成了一片景，一幅画，一段光阴绵长。

往事是一瓣清瘦而薄凉的花，一瓣思量，一瓣旧念，一瓣温暖，一瓣薄凉。等到我们都老了，就坐在老时光里，坐成一剪素影，坐成一朵寒花。看所有的往事都静默成一幅古画，看我们所有的故事都在暮色下被你温柔地念起。然后，我们就坐在画中的花前树下，穿一袭贴身的棉麻，任往事转凉，看风递细香。

谁念西风独自凉

上苍是公平的，对你关上一扇门的时候，必定会为你打开一扇窗。当你寒凉时，会给你温暖；当你悲哀时，会给你欢喜。

失去表妹后的纳兰日夜沉浸在悲痛中，痛得不能呼吸。体内因思念而烙下的痛楚，为他以后的英年早逝埋下了沉重的一笔。

幸福有时候就在身边，只是你被忧伤和悲痛遮住了双眼，以为幸福很遥远。三百多年前北京的冬天，几场雪事过后，明府的梅花开得异常艳丽。这灵性的梅花用她的祥和、喜悦宣布着明府的喜事来临。

康熙皇帝为纳兰明珠长子纳兰容若赐婚，命其迎娶两广总督、尚书卢兴祖之女卢氏意梅。卢氏端庄贤惠，颇有才情，她自小就听说纳兰的名字，知道他是大清的神童，意梅深爱容若的诗词，她明白容若无意功名，她懂得容若繁华后的寂寞。

爱一个人也可以很简单，只需一颗温柔、包容的心，一段携手、相惜的情，一种叫作“不离不弃”的坚持。

聪明如卢氏意梅，她知道容若心里住着一个人，知道容若在拒绝她。但她爱他，从读他的诗词开始就深深地爱着他。她坚定地用她的真心，用她的柔情，用她的善解人意温暖着纳兰容若的冰冷。

每个人的掌心，都已经雕刻了命运的脉络，纵然你用刀片划乱，也无法改变注定的结局。所以，今生我们注定遇见谁，爱上谁，都是宿命。爱情是一个人对另一个人灵魂的相聘，一生苍茫，两心相随，相伴走到最后的时光。一切都会在岁月的磨砺中归还，爱亦会回到最初的模样。

渐渐地，容若喜欢上了这个俊俏静美的绝代佳人。他觉得这是上天的安排，失去了洁白无瑕如梨花的青梅表妹，还给他一个素净、优雅如梅花的意梅。他很知足，也很珍惜。

在与意梅相处的日子里，纳兰容若是幸福的。她为他红袖添香，为他洗手做羹汤，用浓浓的爱意笼罩着他，用贴心的温暖包裹着他。

在与意梅相处的日子里，纳兰容若的心是丰盈的。他与她泛舟湖上，看桃红柳绿，杨柳扶岸，看烟波粼粼，一起吟诗对句。她为他青梅煮酒，拂袖轻舞。

在康熙身边做贴身侍卫的容若，难免会受到来自紫禁城的创伤。回到纳兰府，容若只好煮字疗伤，烹茶养心。这时的意梅，总是默默地陪在容若的身边，用她的柔情减去他心头的烦闷，做他心灵的知己。

这世间最悲痛的莫过于生死离别。纳兰容若的一生仿佛注定残缺，他的每一段幸福都限定了时间，每一次都仓促得令他措手不及。

他的爱妻意梅，在陪伴他度过三年恩恩爱爱的日日夜夜后，因为难产，撒手人寰。留下纳兰容若一个人独自去面对生离死别的痛楚，用一生的时间为她相思，为她填词。

所有良好的心理素质，皆因经历了岁月的磨炼。行走红尘，只有经历过才会从容，爱过才会淡然，拥有过才会无憾。在此之前，没有谁可以平静如水，波澜不惊。人生，每经历一次遭遇，就会变得成熟、冷静。

桑田之前是沧海，往事过后是云烟。等岁月在容颜上布满暮色，所有的不舍，都只是写在往事里的曾经。无论身处何地，纳兰容若心里最牵念的还是他的亡妻卢氏意梅。

他将思念亡妻的情愫，都用词记录下来。因为他们的点点滴滴是他一生的铭记。在和康熙远征的日子里，纳兰写下了对亡妻思念的阕阕清词，传颂一个又一个百年，那就是著名的《浣溪沙》："谁念西风独自凉，萧萧黄叶闭疏窗，沉思往事立残阳。被酒莫惊春睡重，赌书消得泼茶香，当时只道是寻常。"

"赌书消得泼茶香"是纳兰一生生活的期待，他曾经和意梅有过那些点滴的美好，当时只道是寻常，却要他用一生去追忆。他的寂寞，他的相思如一枝孤零的芦花，在寒风中独自伫立。当所有的美好都化作往事，只剩容若一人煮字疗伤，相思惆怅，谁念西风独自凉。

为自己加冕

不久前，偶尔翻阅到一篇文章，已不记得文章的题目，只觉得文中的一句话应该令作为女人的我们沉思："女人，为自己加冕，才可以成为女王。"

这句话触动了我的心弦，让我想起那个高傲的女子——《哈利·波特》中赫敏的饰演者艾玛·沃特森。艾玛是个"90后"女孩，因为出演《哈利·波特》中赫敏一角，九岁就家喻户晓。

艾玛是个集美貌与智慧于一身的女孩，毕业于名牌大学，聪明智慧，因为她的优秀，颇得英国王室哈里王子的青睐。王子想尽办法接近艾玛，对其示爱。得到这一消息的人们在各大媒体兴奋地谈论着：当年的小赫敏，就要嫁入王室做王妃。这是自古至今，女子们做梦都向往的事。

当人们正在激动地为艾玛祝福时，艾玛却淡淡地说了一句："我就是公主，为何要嫁给王子？"

只是淡淡的一句，就可以看出艾玛是个智慧、高傲的女子，她在通过努力赢得一切，在自己的国度里做高傲的公主。

我们这些生活在俗世里的女子，也应该有一份傲气和几根傲骨，不能依附在男人的背后，在可怜的生活模式里丢失了自己。我们应该靠自己的努力赢得物质和精神的财富，做最美的自己，高傲而自信地生活。

我们要爱家人，爱工作，爱生活，更要爱自己。趁我们还可以自由呼吸，那就好好地用健康的方式爱自己。假日，可以约三五知己小聚，饮茶、品酒，谈笑间，又会找回青春的自己。

作为女子，记得再忙都要抽出一些时间，用一些爱好充盈自己的生活。读一些书，因为书香会让你自信、美丽，哪怕是时尚杂志；写一些心灵文字，虽然只是一些生活小情趣；音乐、舞蹈、旅游都是不错的爱好；有时间去泡一下美容院，不为别的，只为了自己在那里可以了解女人真实的生活。

苏芩说："一个女人要活得独立、自尊、自爱，才能散发出高雅的光彩。"女人应该让自己成为美好生活的创造者，不依赖谁，不攀附谁。

幸福，从来就不是别人给我们的，而是靠着自己的坚持和努力争取而来，不论是事业，还是爱情，都离不开自己的努力和尽心守护。人的一生能够找到值得坚持的事情，终归是一件幸事。

用专注的姿态，做自己喜欢的事，不攀附谁，不依赖谁。读自己想读的书，走自己想走的路，爱自己喜欢的人，写一些可以植入心灵的文字，遇见更好的自己!

努力做个大气的女人，遇事波澜不惊，学会高屋建瓴地看问题，不急躁，不懈怠，让人感觉你有一份令人荡气回肠的厚重。用一颗素简心，养好自己的大气，不与人争，不屑与人争。只在一盏茶、一本书、一支曲、一朵花的陪伴中，安享一份随心的清宁。

向内丰盈是一种岁月的沉淀，会让贫瘠的生命变得丰满。当一个人所求简单，只看树发芽，看枝抽花，整个人都会变得无限柔软。内心渐渐丰盈起来时，除了她的细致外，一定是跟她的内在世界有关，那里一定是一个自给自足的世界。

自足，会让灵魂更清澈，如山间溪水，林中清风。与一朵花、一首词、一帘月相爱相恋，会让所有的美好在光阴里开出美丽的画卷。一纸素影，一行光阴，一笔花草，一笔静香，在手指的温柔里，一切美好的遇见都会被你温柔地念起。坐在时光里，与自己，与美好相遇，看花立枝头，书合桌上，一笔文字，岁月留香。

女人，一定要记得，你可以做到一手诗意，一手烟火。为自己加冕，成为自己国度的女王，你才能精彩地生活！

一个人的生活方式似乎不太重要，重要的是，你要有一个有趣的灵魂，要知道生活的艺术来源于哪里。你可以用自己的方式，找到生活之中的无往不趣与无所不韵。

这个世界，总是有很多诱惑，诸多对比，我们常会迷失在对别人的羡慕里，慢慢质疑自己的初心，失去前进的动力。

人生，无论繁华或是沉寂，都是自己缔造的一片天空，都有属于自己的色彩。而一个快乐的人生，才是对自己的善待。快乐藏在珍惜里。这一生，请学会快乐，别辜负生活。

热情是迎接生活最好，也是最有用的方式。当你为生活付出足够的热情，生活也会善待你。时间的齿轮不停转动，你所经历的一切都不会复制、重来，所以珍惜当下，把握似水流年是一个人最好的生活态度。

千万个人眼里有千万个幸福的标准，得到自己想要的，付出自己可以承担的，便可以活成自己喜欢的样子。

天高地阔，人生百态，为自己加冕，“做真实的自己”才是世界上最幸福的存在。

邂逅诗词的美丽

炎热的夏日，喜欢在闲暇的时光，躲进室内静享一隅的清凉，在一杯碧螺春和着玫瑰花的茶香里，邂逅诗词，邂逅美丽。

一、人生若只如初见

人生若只如初见，何事秋风悲画扇。
等闲变却故人心，却道故人心易变。
骊山语罢清宵半，泪雨霖铃终不怨。
何如薄幸锦衣郎，比翼连枝当日愿。

每一段古典诗词的背后都有一幕感人的爱情故事。邂逅一首好词，如同徜徉在春之碧野，满目绿色，满心欢喜。纳兰容若的诗词中，我最喜欢他这首《木兰花令 · 拟古决绝词》。

每每读到“何事秋风悲画扇”，这个蕴含凉意的句子，就会让人想起史书上著名的幽雅贤德女子——班婕妤。

班婕妤出身名门，汉成帝初年进宫，因美貌和贤德深受成帝殊宠。爱恋正浓的时刻，成帝约她一同坐辇出游。在两千多年前的汉朝，一个嫔妃能和皇帝一同坐辇出游是何等的殊荣，但历史上班婕妤是幽雅贤德的典范，她用一句“贤圣之君皆有名臣在侧，三代末主乃有嬖女”，婉转地拒绝了成帝，在史册上留下贤德之名。

因为贤德，她深受皇帝宠爱，后宫也很奉承她。身为嫔妃，虽不掌管凤印，但亦是不动声色宠冠六宫之人。这时的她只愿与成帝恩爱长久，如宫名长信。

伴着赵飞燕和赵合德这一对倾国的尤物进宫，班婕妤的幸福便戛然而止，开始了后宫无边的寂寞。失宠的她，以团扇自比，做了一首后代宫怨的代表作《团扇歌》。

繁华褪尽，当成帝躺在冰冷的墓穴里时，被他遗忘和冷落了数年的班婕妤仍守在他的身边，一生一世。

此时的她也许会在一个人的夜里，附在成帝耳畔轻念：“美好太短暂，人生若只如初见。”

“骊山语罢清宵半，泪雨霖铃终不怨。何如薄幸锦衣郎，比翼连枝当日愿。”纳兰的这两句诗词向世人讲述了李隆基和杨玉环那场惊动世人的“忘年恋”。

邂逅一个能读懂自己灵魂的人，彼此间便会眼波流转，微笑蔓延，黯然心动。他与她皆喜好音律，他做羯鼓，她作舞，志趣相投，灵魂相依。即使与帝王之间，也只是希望与他一生一代一双人。忘了他的身份，忘了他是帝王，只想与他“七月七日长生殿，夜半无人私语时。在天愿作比翼鸟，在地愿为连理枝”。旖旎在彼此之间的只有纯粹爱的芬芳。

在他面前，她永远是他最爱的潋滟女子——杨玉环。在她面前，他不再是君临天下的帝王，而是意绵绵、情切切的三郎。

他因深爱着她，她没索取，他便给了她天下女人从没有得到过的殊誉，给了她的家人权倾朝野的权力，也因如此，让她背上了“祸国”的千年骂名，断送了开元盛世的唐朝胜景。

若，人生若只如初见，便没有马嵬坡那一捧黄土收艳骨，数丈白绫掩风流的悲剧。他仍是她的旷世明主，她仍是他的绝代佳人，江山与美人互不相欠，他们便会一生厮守在爱的宫殿。

一首古典诗词的背后，描绘了两个经典浪漫的爱情故事。似水流年，如花美眷。那些旷世的爱恋在时光里兜兜转转，终于明白，谁都不会是你永远的依靠。一些路程总需要自己一个人走，一些事情总需要一个人去面对。那些说好患难与共的，走着走着就不知会遗落在红尘的哪个渡口。

爱有时很坚韧，会坚守一生一世。爱有时又会很短暂，短得如一缕春风，一朵夏花，一轮明月，禁不起时光的打磨，阳光的蒸融。莞尔间，所有的遇见，都只是一场清梦。

时过经年，回首往事，一切都是风轻云淡。最后的结局，也只是一个人的浮世清欢。

若，人生若只如初见，一切美好便会在时光里绵延，只有开始，没有结束。

二、愿得一人心，白首不相离

经常会看到不同人用“愿得一人心，白首不相离”这样的诗句表达情人间感情的真挚。每当这句深受世人喜爱的诗句映入眼眸，脑海里便会呈现司马相如与卓文君流传千年的那幅爱情画卷。

他有一张绿绮琴，他深知自己的琴艺在世人眼里如同仙乐入耳。隔着那道珠帘，他用一曲《凤求凰》，在阵阵悦耳的音乐声里，用她一人能懂得的优美旋律表达着他对她的爱慕。

他赞她如凰，他向她求爱。隔着帘风，她的芳心怦然一动。在此刻，仿佛天地间只剩下他们两个人的身影，这一刻他们心有灵犀，于是帘风后面钗光鬟影，桃花涌动。

一曲《凤求凰》敲开了一个寡居女子的心扉。从此，一架的蔷薇在文君的心底盛然开放。于是，她不顾传统礼仪，放下千金之躯，与家徒四壁，说话略有口吃的儒雅男人司马相如演绎了一场旷世的夜奔。

文君不顾千金之躯，当垆卖酒，相如也放下文人的架子，着一袭粗布短衣，当起了跑堂。身为富商的父亲，不忍女儿受苦，登门求和。

父亲原谅了他们，给了他们衣食无忧的生活，也给了司马相如走向仕途的机遇。名载史册的才子司马相如凭借一篇气势恢宏、文藻华美的《上林赋》，赢得帝王的青睐，开始了他的仕途生涯。因把帝王交代的事情办得漂亮，他一时风头无两。

天下男儿皆薄幸。为爱情放下千金之躯的卓文君也难免这样的命运。久居官场的司马相如给她一封家书：一二三四五六七八九十百千万。寥寥十三个数字，独独少了亿（忆），表明了司马相如想要纳妾的心意。

无论当初多么恩爱，也只是一对只可共患难不可共富贵的夫妻。刚强的文君，提笔写下了一首句句谴责司马相如的连环情诗《怨郎诗》，以及表明她此时心迹的千古绝唱《白头吟》。

“皑如山上雪，皎若云间月。闻君有两意，故来相决绝。今日斗酒会，明旦沟水头。躞蹀御沟上，沟水东西流。凄凄复凄凄，嫁娶不须啼。愿得一心人，白头不相离。竹竿何袅袅，鱼尾何簁簁！男儿重意气，何用钱刀为？”

看到文君字字如剑的回信，司马相如回忆起当年文君为他放下千金之躯的夜奔，想起他们在一曲《凤求凰》里他与她恰如春风与春草的轻触碰撞，于是断了纳妾的私心。

他回来了，与她白头安老，再不离开。

一生中，若遇到读懂自己灵魂的人，便是生命中怒放的一场盛大的花事！爱，不在眼里，而在心中。心灵的倾诉和倾听，才是灵魂的皈依！

无论早晚，遇见了就是缘。如果彼此住在对方的心里，那么时间、年龄、距离都不是问题。即使你曾经对我背弃，那份对你的牵挂，那份初见时的桃花灼灼，依然在两个人的心底旖旎。

今生，愿得一人心，白首不相离。

“蓦然回首，那人却在灯火阑珊处。”邂逅一首好的诗词，如同邂逅一个心仪已久的人儿，那一刻百转千回，情愫升腾。邂逅和等待都是一种宿命，不是每个人，在蓦然回首时，都可以看见灯火阑珊处的那个人。

在这个暑气逼人的夏日，我只想躲在一隅，邂逅诗词，遇见美丽。

触动灵魂的遇见

从心底里喜欢一个人的文字时，就是一场触动灵魂的遇见。那种感觉真真的是“与君初相识，犹如故人归”。白落梅的文字中就有我喜欢的云水禅心。如果用两个词形容白落梅的文风，那便是“出尘”与“空灵”。如果用一个词形容白落梅的性情，她就是文字中的一个“隐士”。

被世人评为“落梅风骨，秋水文章”的白落梅有着遗世的孤独和清冷。远离尘世间的喧嚣，隐居在江南小镇，在一纸素笺上，描摹着自己的一世芳华。

初遇白落梅的文字是在几年前的文学网站，看到文友引用她的语录表露心迹。只是一眼，便喜欢上了这个清雅幽静的女子，爱上了她清澈如水的文字。

言由心生，字如心曲。读书亦是在读人。有些人初见欢喜，时而久之，便觉其没有初见时的灵动和优美，于是渐渐疏离；有些人看似平淡无奇，日久生暖，如一汪好水，在生命的源头荡涤着你的灵魂，且清澈无比，于是，你会越发珍惜。

有些文字初读是一场繁华遇见，过些时日以后，脑海中便没了任何印迹；有些文字虽然简单随意，读后却可以触动灵魂，令人难以忘记。

白落梅的文字便是一场触动灵魂的遇见。她的文章唯美而清丽，出尘而空灵。初读她的文字，你会觉得她的文风太过华美，但细细地品味之后，你会发现，她文字中的美，朴素而自然，安静而隽永，出尘而空灵。

白落梅的文字有一种遗世的孤独和清冷。她的《岁月静好现世安稳》以散文式游记的形式，把自己行走山水间的独特视角和点滴感悟，书写成生命中曼妙的篇章。

中国的山水名胜总给人一种游人如织的烦琐和杂乱，白落梅却避开了这些尘世的冗重，将文章写得灵动且安然。因为她相信，只要在心里修篱种菊，哪怕身处车水马龙的闹市，也可以感受春风拂面、秋水洗尘的优雅清和。

闲看庭前花开花落，淡看空中云卷云舒。正因为心若萱草，归若隐士，她的文章才透着出尘与空灵，读来如一泓山泉，荡涤着因为烦琐的日常变得疲惫的灵魂。

“如果可以，我愿远离都城，骑一匹瘦马，隐居田园，守着简朴的柴扉，修几径篱笆，看三两桃李争艳吐芳。或静坐光阴下，泡一壶清茶，听梁间燕子嬉戏呢喃。牵一头黄牛，遥看天边的晚霞。”这种悠然见南山的归隐生活，对习惯了在红尘中忙忙碌碌的人们来说，是心底对一个清幽之处的向往。

“给我一段老时光，独坐在绿苔滋长的木窗下，泡一壶闲茶。不去管，那南飞燕子，何日才可以返家。不去问，那一叶小舟，又会放逐到哪里的天涯。不去想，那些走过的岁月，到底多少是真，多少是假。如果可以，我只想做一株遗世的梅花，守着寂寞的年华，在老去的渡口，和某个归人，一起静看日落烟霞。”这样的文字，就是一幅两个相爱的人，远离红尘的喧嚣繁杂，独享浮生清欢的唯美意境图，给凡尘俗世的人们留下了无尽的遐想。

读着白落梅的文章，你的脑海中就会呈现出这样一幅画卷：一个幽静安然的女子，着一袭素衣，优雅淡定，在如水的月光下，在落英缤纷的小院内，听雨赏花，抚琴弹曲，煮酒烹茶……

行走在山水间，别人眼里的风景，看山是山，看水是水，看草是草，看花是花，而在她的眼眸，却有着历史的追索，心灵的探求。在江南的烟雨小巷，在古镇的粉墙黛瓦中，她一直在寻找前生今世某一个熟悉的情景，追寻那种触动心灵的唯美情怀。

她的文章，除了唯美，还有出尘与空灵。她说："每个人的心都是一扇小小的窗，开启便是烟火俗世，关上便是禅心云水。"

《西风多少恨吹不散眉弯》一书中，她用自己的心灵，走进纳兰性德的诗词，用一纸素笺解读着纳兰容若一生的才华横溢和情爱坎坷。

白落梅评价道："纳兰容若的前世，是一朵在佛前修炼过的金莲，贪恋了人间烟火的颜色和气味，注定今生这场红尘游历。所以他有冰洁的情怀，有如水的禅心，有悲悯的爱恋。纳兰容若的一生，沿着宿命的轨迹行走，不偏不倚，不长不短，整整三十一载。在佛前，他素淡如莲，却可以度化苍生；在人间，他繁花似锦，却终究不如一株草木。"

纳兰容若是大清王朝的绝世金曲，是词中帝，情中奴，一生为爱颠沛流离。家家争唱《饮水词》，纳兰心曲几人知？白落梅用自己独特的视角，走进纳兰容若的诗词，走进纳兰的内心，用曼妙多姿的文字解读了纳兰一生的富足生活和情爱的坎坷经历。

她用清丽的诗行，诠释着纳兰容若这位三百年前拥有着绝世才华的诗人和他"清凉孤绝"的生命。纳兰人已故去，隽永的诗句却永在世间静静流淌，被那些有缘的人，一次次记起，又一次次传诵。

白落梅的文字淡定而从容，出尘而空灵，适合一个人静静地读。当一个人因为尘世的烦琐而变得心浮气躁时，她的文字就是一场触动灵魂的遇见。让一颗浮躁的心，在一支曲、一盏茶、一枝梅、一帘月的禅意中变得优雅清和、淡定从容。

一个人没有绝对精神上的快乐，也没有绝对物质上的快乐。当物质的富足可以解决生活的需求时，一个人的精神就会变得愉悦。让我们的生活多元化，享受一些小小的物质贪念带来的满足；享受一些小小的情爱生活带来的温暖；享受一些努力付出后带来的快乐；享受一些触动灵魂的遇见带来的清幽和淡然……

人生是一座桥梁，重要的不是目的和结局，而是过程。用一颗优雅淡然的心，对待每一个烟火日常，走过每一寸素简光阴。生命的每一个章节不必繁华无限，认真过，努力着，就是生命最好的状态。

留一扇晴窗

在印度的《般若心经》中看到一个触动心灵的故事。书已经合上扉页，故事带给心灵的波动依然在灵魂深处散发着余波。书上说，有一个85岁的年老女人被人问道：“如果你必须再来一次，你要怎样生活？”那个年老女人说：“如果我能够再活一次，下一次我一定会对更少的事情采取严肃的态度，我一定要放松，一定要自己柔软灵活，一定要冒更多的险，我一定要做更多的旅行，爬更多的山，渡更多的河，我要吃更多喜欢的食物……

“我是一个做事太过明智、理性的人，我只享受过某些片刻，如果再来一次，我一定会享受更多的片刻，让这些美好的片刻一个连着一个，贯穿我的整个生命……

“如果我必须再活一次，我一定要跳更多的舞，坐更多的旋转木马，爱我喜欢的人，摘更多的小雏菊……”

我们的人生是单程车票，没有返回的路途。这个老女人的故事告诉我们，为心灵留一扇晴窗，要尽心去面对我们生命里的每一个片刻，不要太理智，要给予生命热情，要爱你生命里所有美丽的遇见，用那些花草的芬芳、茶叶的馨香、书卷的墨香熏染你生命的每一个神经末梢，让生命因为诗意和芬芳而变得丰盈、厚重。

人生的快乐是平等的。我们的烦恼不是来自别人，而是来自自己内心的延伸。留一只眼睛看自己，做一个可以驾驭自己心灵的人。一边享受生活的美好，一边随时面对烦恼、困顿的打击。做一个心怀禅意的人，表面安然不动，心中保持坦然面对苦恼突击的灵性。

如果你的生命里有些期盼还没有完成，趁我们还可以行动，就马上融入它，完善它，不要寄希望于未来，活在梦想中的一个又一个片刻中。

不要计较别人的目光，遵从自己的内心，自己喜欢的生活就是最好的生活。毕淑敏说："我们的生命，不是因为讨别人喜欢而存在的。我们是自在之物，我们不必讨任何人的喜欢，就可以欢天喜地地背负大地，面朝青天。只要你认定了这一点，枷锁就被打开，你就可以自由地呼吸了。"

快乐地活在当下，尽心就是完美。不用去强求不属于自己的，安然守护自己的内心。闲暇的时光，去读书就好。

你的时间花在哪里，你就会成为怎样的人。一个人书读多了，总是有好处的。书读多了，智慧自然会开，智慧开了，选择人生道路时便能明白、超然，不会陷入欲望的泥沼，被名利所左右。会时时保持明净，为心灵留一扇晴窗。

为心灵留一扇晴窗。在面对尘世的转换时，飞进来春红，就拥有了芬芳；飘进来萤火，就拥有了光明；传进来秋声，就拥有了秋色；侵进来冬寒，就拥有了雪炉暖晴。

静夜，月华如水，秋色如画。无论月圆月缺，人生的一些遇见依然在生命里安暖如昔。有些遇见，恰如尘世轮回。因为懂得，所以慈悲；因为珍惜，所以温暖。

静夜如诗，为生命留一扇晴窗，撑一支心灵的竹篙，独上兰舟。回顾生命里的过往，所有的遇见皆是前缘，即使遥远，也是一种温暖。心如安静，世界便可清净。在忙碌中，守住初心。走过的路程，便会在心田逶迤成一幅绝尘的山水画，永不褪色。

人不需要太多的东西，只要健康地活着，真诚地爱着，就是一种富有。对生命而言，接纳才是最好的温柔，无论是接纳一世平淡的人生，还是接纳一份富足的感情。

当岁月的烟火睡着时，往事依然清晰可见。那些岁月虽然在我们的流年中消逝，但会借着那一扇晴窗，勾出一大片一大片来，如同草原上娇艳的花事，先是发现一朵，然后就发现一片草原。花朵可能凋谢，而草原却是永不褪色的背景，我们就在那背景中红颜褪尽，青春不再。可是，那颗初心依然在岁月深处安然如昔，无所更改。

张嘉佳告诉我们："往世界的深处去，坐自己的那节车厢。你所经历的，全部不可替代。每一天都在午夜变成往事，你要把它们装订成册，一路生老病死。你所去的，就是应该去的。生命中让你恋恋不舍的，还有很多在前方。不用停止，不用怀疑，这就是你。"

在岁月里，我们走过了许多春夏秋冬；在人生路上，我们走过了许多聚散离合。相信，在最深最广处，我们一定要维持着美好的心，欣赏的心，永远保持着预约的希望，为心灵留一扇晴窗，为生命留下可以回味的馨香。

时光知味，岁月沉香。要学会有担当，风来时迎风，雨来时听雨，一切风景皆心境。告诉自己，永远不要失去发芽的心情，跨过去，春天就在那里等你。给生命留一扇晴窗，快乐地活在当下，尽心尽力即是完美。

大唐，你是我回不去的原乡

如果可以穿越，我只想回到我魂牵梦萦的大唐。不经意间的回眸，在那古老的城里，总有一抹痴念在记忆的梗上摇曳成娉婷，伴随着岁月的车轮，温婉着生命中的凉意。

灿烂如锦的岁月，一个人对唐朝的思念爬满了光阴的长藤，满目的绿意葱茏。那些不会结果的花瓣，撒满了记忆的路径，风一吹起，和着悠扬的笛声，飞舞成夺目的惊鸿。念或不念，一样能在佛前听到大唐的梵音。今夜，我转动经筒，只为祭奠那曾经遇见的前生。

跨越一千四百年的距离，我在珍珠一样的唐诗中，在一幕幕精彩的唐朝古剧中，在一件件古文物中，可以追溯唐朝开国时的残酷，盛唐时的华丽，暮唐时的没落。

唐朝是一场精彩纷呈的大戏，每一个出现在世人眼眸的行者，都是精彩的演员。无论是张若虚的《春江花月夜》，还是李白的《将进酒》，李商隐的《锦瑟》，这些数不尽的经典，都是历史的天空璀璨夺目的明珠，用它们的灿烂演绎着唐朝的繁华与落幕。

喜欢唐朝，喜欢唐朝的鼎盛、繁荣。唐朝是中国历史上一个重要的朝代，也是公认的中国最强盛的时代之一。唐朝是一个强大而繁荣的时代，也是秦汉、隋朝以来，第一个不筑长城的统一王朝。

唐朝最令人瞩目的文学成就可算诗。唐诗有发亮的激情，有缠绵的幽思，有昌盛时代的张扬，有繁华过后的怅惘。句句如珍珠一般的诗句，呈现出令人沉醉的意境。

自陈子昂和“初唐四杰”起，唐朝著名诗人层出不穷，盛唐时期的李白、杜甫、王维，中唐时期的李贺、韩愈、白居易，晚唐时期的李商隐、杜牧是其中的几个代表。他们的诗作风格各异，既有对神话世界的丰富想象，又有对现实生活的细致描写；既有激昂雄浑的边塞诗，亦有沉郁厚重的“诗史”，还有清新脱俗的田园诗。

在诸多闻名的唐朝诗人中，我最喜欢的不是诗句雄奇飘逸、艺术成就极高、被世人称为“诗仙”的李白，也不是愁绪满腹、被称为“诗圣”的杜甫，而是在晚唐时期颇有建树的唯美诗人李商隐。

李商隐的诗有一种孤独的苍凉美，这种美是自己生命的一部分，与他人无关。他的诗有一种唯美的私情，是写给自己灵魂的篇章。他深爱着自己，他对盛唐繁华的追忆，对自己内心世界的剖析，在一阕阕诗词中孤独地盛放，诠释着苍凉的美意。

“锦瑟无端五十弦，一弦一柱思华年。庄生晓梦迷蝴蝶，望帝春心托杜鹃。沧海月明珠有泪，蓝田日暖玉生烟。此情可待成追忆，只是当时已惘然。”李商隐的这首深受世人喜爱的《锦瑟》，传说是写给一个叫瑟儿的女子。

我多希望穿越时空，回到一千四百年前，做李商隐笔下的瑟儿，与他互为知音，把低眉垂睫的柔情唤醒，与他相依相伴，君为锦瑟，卿为流年。与他，在黄昏，看夕阳，看残荷，看枯叶，看晚枫……用一份传奇遇见，谱写一首唯美诗篇，流传千年。

岁月在静默里安然，一切美好的夙愿依然在时光里兜兜转转。一树树娇艳的晚梅在新年的晴空下，惊艳了初春的时光。一些语言，只能止于唇齿，让岁月轻掩。

相守，在半开的花语里温婉。留白，唯美了一段时光中的遇见。驻足回眸，不经意的流年里，温情相伴从未走远。一抹痴念，一直在心底处痴痴缠缠，君若安好，便是晴天！

“君问归期未有期，巴山夜雨涨秋池。何当共剪西窗烛，却话巴山夜雨时。”千年前的约定，千年后的重逢。隔着千年的时光，我遥望着大唐千年前的模样，玻璃下的冰冷，难以温暖心底的薄凉，西窗烛下的执手相看，已被千年的时光隔断。

隔着千年的时光，渴望邂逅，邂逅在你的每一首诗词里。不求银雪满碗，只愿心意相牵，哪怕在你案前，只插一枝残荷听雨声，已是灵魂唯美的遇见。

雁鸟急飞，季节轮回，我循着历史的足迹向你寻去。千百年前，谁曾伴你灯下夜读？谁又曾为那卷诗书执笔？

今生，在牡丹盛开的佛宇和你重逢，我在柜外，你在柜中。隔着冰冷的玻璃，我想象着你千年前的面容。这里所有的砖，所有的瓦，都涂抹着盛唐时的烟霞。长廊寂寂，诸神静默。

这里的钟楼、条石，一如前世。廊外，仍有千朵牡丹，淡淡地绽放出惊世的娇艳。深红、浅紫，还有那雪样的白，像一幅佚名的唐画，在时光里慢慢晕染、洇开。

渴望邂逅，去寻觅时光渡口，穿越只为曾经的那一刻。冬阳灿灿，白云悠悠，洗尽铅华是否还能还原远去的你我他？千年前的佛缘，时光口岸，若能相见，只愿君是锦瑟，卿是流年！

归路难求，在月明的夜里，为你斟一杯美酒，目送你追寻历史的车轮离去。低眉轻叹，我的大唐，隔着千年的时光，你是我回不去的原乡。

宋词，一阕清丽的诗行

在华夏文明的历史长廊，悬挂着几颗璀璨夺目的明珠。如果说唐朝在历史上是一幕精彩的大戏，是最亮的那一颗明珠，那么宋词就是历史画卷上一阕清丽的诗行，是最唯美的那一颗明珠，用它的豪放，用它的婉约，用它的柔美，在历史的晴空绽放着光芒，熠熠生辉。

宋词的多元正如我们生命的本身，丰盈与孤独，喜悦与感伤，各斯其美。宋词既有花间词晚照的唯美，又有金戈铁马的气势磅礴。

“词”并非始于宋代，却在宋代绽放出最夺目的光彩。宋词中浅吟低唱的柔美，大江东去的豪放，柔肠粉泪的婉约，家国愁思的志向，与宋代的文化品质浑然天成。

在唐诗演变成宋词的过程中，南唐后主李煜起着不可替代的作用。李后主的风花雪月和他的亡国愁思，把唐诗的精髓引入宋词的密码。从五代词开始，宋词就已经渐渐萌动成一朵花的绽放，一朵云的清幽，用最靓丽的姿态，在历史的素笺描摹成一阕清丽的诗行。

“庭院深深深几许”，相信许多人初识这句宋词，都是源于琼瑶的影视剧。其实，这首词的作者是唐宋八大家之一的欧阳修。欧阳修的《醉翁亭记》脍炙人口，是中学教材中的经典，相信世人多能成诵。但他的这首《蝶恋花》却鲜为人知。“庭院深深深几许，杨柳堆烟，帘幕无重数。玉勒雕鞍游冶处，楼高不见章台路。雨横风狂三月暮，门掩黄昏，无计留春住。泪眼问花花不语，乱红飞过秋千去。”

这首词描写了闺中少妇的伤春之情。上阕写少妇深闺寂寞，阻隔重重，想见意中人而不得；下阕写美人迟暮，盼意中人回归而不得，女子幽恨怨愤之情在字里行间，一一彰显。

《蝶恋花》的精妙不在于情感的宣泄，而在于“庭院深深深几许”一句中叠词的巧用，三个“深”字的运用，把古代庭院一进又一进的布局，在建筑文化中的经典美，彰显给读者以清晰的画面感，堪称欧词之典范，宋词之精华。

从曼妙如画的宋词中走过，我们总也绕不过集豪迈、深情、喜气、忧伤于一身的苏轼——苏东坡。苏东坡是敢于活出自己的人，他是北宋著名的文学家、书法家、画家，是文坛翘楚。

苏东坡的一生是用情至深的一生，于人、于事、于国、于家、于文、于艺，每一份深情都用到了极致。他的深情融入了他的诗词，他的书画。

闻名于世的《寒食帖》记录了苏轼仕途不济，心情低落时的感伤。那一首闻名遐迩的《念奴娇 · 赤壁怀古》却是苏东坡化蝶后的重生。“大江东去，浪淘尽，千古风流人物。故垒西边，人道是，三国周郎赤壁。乱石穿空，惊涛拍岸，卷起千堆雪。江山如画，一时多少豪杰……”

读着这首气势磅礴的《念奴娇 · 赤壁怀古》，你会觉得苏轼不是走在宋朝，而是走在三国。他忘了当下的伤害和悲怆，走在黄州的赤壁，他在当年硝烟滚滚的战场，在历史的回顾中重生。从此难过、辛苦、悲惨的苏轼亡，绵里裹铁、豁达有趣的苏东坡生。

宋词多以抒情婉约著名，宋词中若以婉约制胜，非李清照莫属。李清照是历史文化长河中行走的奇女子，更是宋朝一颗璀璨夺目的明珠。

“昨夜雨疏风骤。浓睡不消残酒。试问卷帘人，却道海棠依旧。知否，知否？应是绿肥红瘦。”这首《如梦令》字里行间透着她年少时的俏皮。

“花自飘零水自流。一种相思，两处闲愁。此情无计可消除，才下眉头，却上心头。”《一剪梅》词词含情，字字珠玑，道不尽寂寞深闺，柔肠一寸愁千缕。

“寻寻觅觅，冷冷清清，凄凄惨惨戚戚。乍暖还寒时候，最难将息。三杯两盏淡酒，怎敌他、晚来风急！雁过也，正伤心，却是旧时相识……”《声声慢》一词中，“寻寻觅觅，冷冷清清，凄凄惨惨戚戚”七个叠词连句，是她心情落寞时的一路堆叠，是她国破家亡、丈夫去世后，一个人孤独茫然的诠释。

李清照诗词的唯美是无可替代的，她从女性的角度出发，用年轻时的娇美，寂寞深闺的愁丝，国破夫亡后的落寞，用她独有的含蓄委婉为宋词文化增添了一抹抹绮丽的色彩。

行走在烦琐的尘世，让我们且温一壶淡茶，听一阙宋词中那些美得让人心醉的清丽诗行，让那些遥远又温暖的佳句，用它的柔美和豪放唤醒我们因日常的烦琐而变得冗重的诗心。

元曲，温润的玉如意

如果说被世人传唱的经典戏曲是永远不会老去的旋律，令世人心醉神驰，那么元曲中的戏文则是值得珍藏，温润的玉如意，让读者我见犹怜。

近日，重新翻阅那些被传唱了数百年的经典戏文《西厢记》《梧桐雨》《窦娥冤》《汉宫秋》……又一次在元曲文字的精美绝伦中沉沦。

一直觉得，那些经典的元曲，如同一块块被华夏文明滋养了数百年的玉如意，经过珍藏，在岁月深处越发温润，越发润泽透亮。那种深刻的美，会在你遇见它的那一刻惊艳你的时光。

一则则戏文写尽世道人心，或悲苦，或欣喜，或美好，或凄凉。人生百态，戏即是音。戏文写尽人间疾苦繁华，字字入目，一一在心。

戏曲的美，是自有形态的，它需要深厚的功底去展示，无声不歌，无动不舞。有些美则可以通过文字来传达，诸如元曲，你必须耐心地深入，才能体味到它的怦然心动，体味到它静水流深下的浮光掠影。

王实甫的一幕《西厢记》，一段传世情。崔莺莺的出现像一道光，把张生的一生点亮；张君瑞则是一道伤，莺莺愿意一生拥有，莫失莫忘。

他们待月西厢，在普救寺这一佛祖修行之地，寻找自己的前生今世，让爱在遇见中轮回。

“怎当他临去秋波那一转！休道是小生，便是铁石人也意惹情牵。近庭轩，花柳争妍，日午当庭塔影圆。春光在眼前，争奈玉人不见，将一座梵王宫疑是武陵源。”这是普救寺中，张君瑞初见崔莺莺时的心情唱词。

不用太多的言语，只是回眸一笑便百媚横生。只是一眼，崔莺莺便用绝世的容颜掠去了张生的魂魄，把张生读过的“四书五经”全部焚毁，仁义道德构建的城墙轰然倒塌。他在一片轰然倒塌的瓦砾上，独自一人回味着她惊世骇俗的美颜……

这就是爱情的力量吧！遇见了，心动了，于是就有了不管不顾，就有了千方百计的靠近，情心赤诚，感动佛祖。孙飞虎这一草头将军的出现，红娘中间的尽力周旋，让张生和莺莺处于死地的爱情回转，玉成了一段传世姻缘，谱写了一则不老的经典篇章。

唐朝的盛世风华中，惹人注目的一个是李世民的“贞观之治”，另一个就是李隆基的“开元盛世”。李隆基是一代帝王，是有韬略、有决断的政治家，创建了唐朝的盛世繁华。同时，他也是凡夫俗子，离不开七情六欲的浸染，用一段忘年恋诠释了他和杨玉环惊世骇俗的霓裳情缘。

白朴的《梧桐雨》被王国维在《人间词话》中称作“沉雄悲壮，为元曲冠冕”。白朴的文字最能触动我心弦的不是李隆基与杨玉环的恩爱之初，而是明皇在玉环死后对她彻骨的思念。

他爱她，给了她无上的荣耀。他认为他们的爱会天长地久。可是在生离死别面前，所有的深爱都会变得软弱无力。爱又怎会随着死亡延续下去呢？

“懊恼，窨约。惊我来的又不是楼头过雁，砌下寒蛩，檐前玉马，架上金鸡；是兀那窗儿外梧桐上雨潇潇。一声声洒残叶，一点点滴寒梢，会把愁人定虐……”静夜，雨打梧桐，声声泪。雨滴滴穿了他的情绪，他的悔恨和思念蓬勃而出。

马嵬坡政变，为了保住皇位，他舍弃了玉环——那个七月七日长生殿，夜半无人私语时的美人；那个与他在天愿作比翼鸟，在地愿为连理枝的痴情女子。

和男人对比，女人的爱要纯粹得多。相比女人而言，男人的爱总是有所保留，越是尊崇显贵，越是自保意识强烈。他们给予女人的只是不动筋骨的物质享受，若有利益冲突，便有了舍弃……

如今独自虽无恙，问余生有甚风光？情天长恨，为爱永绝。秋雨凄凄，贵妃死后，上皇的生命里，再无春天，再无美好的眷恋。

文人们在元曲痛楚、感伤、唯美、优雅的叙述中，让一个个故事像花儿一样无拘无束地绽放。在元曲石退玉露的惊喜中，我们可以借助元曲中释、道、儒多元的文化，让元曲这块温润的玉如意，明媚在内心深处，生生不息。

等一等灵魂

“请慢点走，等一等灵魂。”这是古印度的一句谚语，意思是说让行色匆匆的人们在急于求成的路上停下来，多思考一下真正想要的生活。

追了几集电视剧《我的前半生》，看着罗子君婚姻的起伏，人生的无可奈何，越发觉得女人应该学会独立。这种独立不仅仅指经济独立，还指灵魂独立。

作家梁文道说：“一个女人一定要有自己过日子的能力，要有别人没法拿走的东西。这很重要。”我想这拿不走的东西是指自己独立的灵魂吧。

当初陈俊生对罗子君说：“我会用生命给你一辈子的幸福。”提出分手的时候，陈又说：“我无可救药地爱上了凌玲，是因为她有和我匹配的灵魂……”多么残酷的分手解说词。罗子君的故事告诉我们爱情和容颜容易改变，只有自己的灵魂不易改变。

别人没法拿走的就是我们的不动产。女人的不动产就是一定要有独立的灵魂、赚钱的能力，要有一份长远的理财计划，要有自己可以支配的钱财和时间。在忙碌的一天中抽出一小时，为自己做事或做自己喜欢的事。在这一小时中，把注意力与精力完全转移到自己身上。30岁之前，外表展露的是女人的基因；30岁以后，外表展露的是女人的内心。当你的外在美好而富于条理，你就不好意思放纵自己慌乱的内心了。

蒋勋在《孤独六讲》中说道："孤独和寂寞不一样。寂寞会发慌，孤独则是饱满的。你要相信，时间是最好的抗体，让我们渐渐免疫，直至百毒不侵。"罗子君的蜕变，华丽转身，告诉我们当你意识到孤独感时，就是一种生命的清醒。孤独与我们时刻相伴，如影随形，它是灵魂圆满的开始。

生命里第一个爱恋的对象应该是自己，情感不孤独，学会好好爱自己，与自己对话，在独处的空间安静下来，聆听自己的心跳与呼吸。就这样生活，很好。我相信，能够独处的生命走出去时不会慌张。《我的前半生》中的唐晶就是很好的典范。正是孤独，让灵魂出众。

女人要学会找到一个能够体验孤独的场所，不定期地去那里度过一个人的闲散时光，让自己在独处中放慢脚步，等等灵魂，提升内涵，丰盈生命。要有几个自信乐观、能畅心交谈的闺密，因为她们是引导和鼓励你走向自信的人。比如罗子君的铁杆闺密——唐晶，就给了她走出困境、走向复兴的鼓励和支持。自信、独立是女人永不言败的武器。

决定我们生命质量的，不是烟火日常中的"八九"，而是灵魂深处的"一二"。无论人生的任何阶段都要活出美感，懂得用书香、花香、艺术的美感，为平淡的生活喂养一份诗意，用独立、自信让苍白的灵魂变得有趣。

人生的精致不是会生活，而是懂得生活。一定要注重精神层面的东西，用知识、用生活场景中的点滴意趣丰盈自己的生命。我们生命的长度无法掌控，但我们可以用泛着香气的灵魂，拓展生命的宽度。如果你拥有这样积极的生活态度，那么对任何苦难，都能积极面对。用你的笑脸灿烂整个青春！用你的生活美感灿烂你的整个人生！

放慢脚步，努力做一个快活的人，每天找一些理由让自己变得充实、快活。世界上最快活的人是最能领略的人。所谓领略，就是能在平淡的生活中寻出趣味，让复印的平淡烟火日子生出意趣……

自己喜欢的事，努力去做，就一点也不觉得辛苦，而且努力工作会让我们变得更加优秀，能让我们的生活越来越好。走出婚姻阴影的罗子君就是用自己的努力和辛苦换来了被别人拿不走的幸福。

为自己的幸福而努力是一件快乐的事情，所有的努力都是有意义的，不要计较一朝一夕的得失。坚持保持终身学习的能力，热情地去追求自己平凡生活中的幸福，因为幸福感才是最为珍贵的。要学会在磨炼中养成能享福更能吃苦的性格。记得，所有的努力都是有价值的，即使不在当下，也会在别处回馈于你。

面对生活中的不如意，要学会控制自己的小情绪，努力做到不嗔、不怒、不辩、不争，在静谧中放松自己，放空心灵，等等灵魂，心静方可心净！

罗子君逆袭成功的故事告诉我们：你一定得认识到自己想往哪个方向发展，然后一定要对准那个方向出发，要马上。你再也浪费不起多一秒的时间了，你浪费不起……所有的时间，都不会重新来过！所以我们一定要珍惜每一分每一秒，向自己的目标努力！

我们每个人都做着灵魂的朝圣。我们人生行过的每一段路程，都是修行，生命中经历的每一件事，也都是修行。行走红尘，经历过、努力过，便会放下、看淡。学会平静地接受人生路上发生的一切，努力走好人生的每一步，然后微笑面对答案，不急、不缓，把最后的结果交给时间。生活中的一切经历，不是槌的打击，乃是水的载歌载舞，使鹅卵石在一次次的磨砺中臻于完美。

女人一定要精致。无论是烟火日常的所需，还是精神世界的所求，都要在力所能及的范围内给自己最好的供养。只有好好爱自己，才可以在山河万朵的繁花中，让时光赋予的风骨，绽放惊艳岁月的美丽。

独立、自信的唐晶，逆袭为王的罗子君告诉我们，女人的韵味是外表与内心的折射，是言行与大脑的综合统一，也是人格、形象和魅力的完美结合。优雅的女人对美有深刻的理解，对自己有着较高的要求，有着很好的衣品。因为平静、强大而活得淡定、优雅、从容。让我们用积极的生活态度，自信又平和的心态，面带微笑，淡定、从容地面对每一天。用一颗精致的灵魂活出自己想要的样子。

灵魂精致，生活便会精致；会看花的人，就会看山、看水、看云、看月、看星辰，并且从人世中的一切看到美好和智慧。请慢点走，等一等灵魂。每天，都给自己一些正向的时光，营造一份好心情，如此这般，便可日日是好日，处处心花开。

第三辑　偷一味清欢

偷一味清欢

周作人在《北京的茶食》中说："我们在日常必需的东西以外，必须还有一点儿无用的游戏与享乐，生活才觉得有意思。"我想那无用的游戏与享乐是指清欢吧！读书，养花，听音乐，喝茶就是。

读到"清欢"这两个字，就会想起苏东坡，想起他的"细雨斜风作晓寒，淡烟疏柳媚晴滩。入淮清洛渐漫漫。雪沫乳花浮午盏，蓼茸蒿笋试春盘。人生有味是清欢。"苏东坡是生活家，虽然一生大都在颠沛流离中度过，但不论生活多么困窘，他都不改落拓旷达的性情，并写出境界高妙、文采风流的作品。

苏东坡作为文坛翘楚，生活也很有情趣，他懂得饮茶，喜欢美食，善于烹饪，能书能画，还有很多好朋友……

人间有味是清欢。也只有他这样，在尘世的风风雨雨后，依然还有着通透和包容，依然还有着信任与清澈，才能懂得平淡是生命中最深的味道，才能回到自我，了无遗憾。

清欢，它并非来自别处，而是来自我们的平静、疏淡，对简朴生活的追求和热爱。初秋，与闷热别离，与清凉欢聚，在一杯茶、一本书和枝枝蔓蔓的绿色中追求内心的安宁。在时光悠闲的每一个日子里，于花事中享受一份缠绵，于小字里寻觅一处清欢。

“清欢”是生命的减法，是舍弃世俗的追逐和欲望的捆绑，回到最初，最单纯的欢喜。一室，一书，一茶，有绿植相伴，有花香氤氲，有灯光温馨，所有的疲惫会在单纯的初心中一一褪尽。

繁华红尘，褪尽烦琐的束缚，追求简美的舒适，在复杂的世界里，做一个简单的人，始终相信，人间最美是清欢。

和他约好，等到老了，就避开城市的喧嚣，寻一个清寂的小镇住下，住一方小院，扎一圈篱笆，每日里种花、种草、种清风，听雨、听风、听鸟鸣……

“清风篱笆”，想想这样的名字，整个心都会醉的。一方庭院，一圈篱笆，有花香爬满篱笆架，修筑悠闲岁月。窗外有清风，有明月，有花开，有水声，有竹影，还有着一袭旗袍的我。春风一吹，三五花影组成一幅美丽的山水画。这些美景走着走着就成了一本线装书，走到头发灰白，我就坐在清风里，篱笆下，闲看一树花开，轻抚一本古书。然后，整个灵魂都溢满了花的香气。

曲径通幽，避开尘世的喧嚣，走进静静的时光，心总是柔软的。有一种逃避并不是软弱，而是逃开世俗的烦琐。在静幽处，偷一味清欢，遇见一树花开，聆听阵阵水声，看见日光叠影，鸟鸣蝶舞，沉醉于清风照花枝的欢喜。

八月，岁月的脚步急促、繁忙。我依然想偷一份清欢陪伴清晨的第一缕阳光。心中有明月，耳畔有清风。品一盏香茗，赏几束花开，听几声鸟儿的欢唱。

平淡的光阴里，素心悠然。花木为友，书卷为侣，闲云搭屋，秋色半间。纳一份秋的清凉，偷一份有味清欢，看光阴的针脚从眼前经过，在朵朵心荷上悄然打坐。

八月的日历翻得飞快，转眼之间已到月末。彼城的一场秋雨，让此城聆听到了秋天的心跳。秋雨过后，天气越发凉爽，26℃的气温，清凉、舒适。

秋虽凉凉，依然很美。漫步街头，秋风送爽，一切美好的遇见在小时光里安然如初。慵懒的小光阴，手中无书，心中无字，捻一束花香，在一场场清凉的美景中与你一起触摸秋天的脉搏。

一个下午的时光慵懒地斜倚在沙发上：吃一杯禅茶，看一本喜爱的散文集，听一首在心湖泛起涟漪的经典旋律，赏一室的青翠、浓绿。小禅说江南风动，桂花香得销魂。我的城，八月的脚步也在时光的流里极速翻转。这样的时光，我不理红尘，只想在这浸润着茶香，飘逸着书香的光阴里偷一味清欢，独自“颓废”、沉沦……

窗外，落一场八月秋雨。明月轩内可以听一支古曲，喝一盏禅茶。时光不老处，偷得一味清欢。把忙碌了一个暑假的装修成果发照片给摄影技术极好的编辑朋友看，他说：“你的新家装饰得很温馨，有一种简约的美……”

我回他：“我只是偷一味清欢，来滋润我的人生。”

在复杂的世界里，做一个简单的人，以清净心看世界，以欢喜心过生活，不浮不躁，不慌不忙，淡定从容地过好生命中的每一天。

在立秋过后的静夜，听一场八月秋雨。

在晚来天欲雪的冬夜，约三两知已聊天、喝茶、话桑麻。

在黄昏的夕阳里，看天边的晚霞漫洒。

在绿意葱茏的树林里，听蝉儿在枝头高歌。

在松子敲落的夜晚，想起远方的知己。

在明月遍照松岗的夜里，与你同赏一轮明月。

在长出的白发里，付出自己曾经青葱的笑靥。

……

一生很短，永远经不起等待；感情很柔，永远经不起疏远。好多的事放下就是轻松，好多的人走开就是单纯。轻松着，单纯着，做个简单、大气、清朗的女子，不攀附、不将就。不快乐的时候，想办法让自己快乐。浸润着茶香、书香、花香的时光，捻一指温柔，墨舞流年。心若向阳，岁月无恙!

幸福感，来自简约、自然、宁静。初秋时节，周围的空气已经少了盛夏的闷热。在平平仄仄的诗词里做回最初的自己，纳一份清凉，去伪存真。廊前花下，红颜锦衣，灼灼芙蓉。山水含笑，播种幸福的种子，收获烟火中的清欢，悦己、养心、葆颜!

清欢，永远不会失去，只要我们不俗。

囿于厨房缘于爱

园蔬香带露，厨柳暗藏烟。丽句轻珠玉，清谈胜管弦。

——白居易

如果愿意，一个人用满满的爱心调配生活，用耐心经营烟火日子，是可以让厨房内平凡的四时园蔬生香藏玉的。

对厨房中的烟火尘事我向来是极喜爱的，因为我有一颗世俗的心。我喜欢在世俗中寻找生活中蕴藏的温度和热度，世俗带着的浓浓烟火味让人觉得温暖而舒适。

一直觉得在尘世中，一家人和和美美地坐在一起吃着一日三餐，说着生活里的趣闻、乐事是一种美好而安暖的幸福。

一个家庭是否和睦、幸福，一定要看看他们的厨房，若厨房是热腾腾的，是一家人喜欢进进出出的热闹场所，那么这个家庭也一定是幸福快乐的。因为，厨房里的琐事浸润着一家人的爱和真情。

对厨房最早的记忆是儿时母亲在灶台前忙碌的身影，是那些烙印在记忆深处的饭菜香气。那些淳朴的食材在母亲的精心烹制下，变成飘溢着香气的一粥一饭。

母亲最擅长的手擀面、韭菜水饺、炸油条、贴菜饼、大肉包、槐花馍、榆钱糕、枣花饼……一个个纯手工作品，为我儿时的生活增添了许多快乐，为我们一家人的温暖岁月描写了浓浓的一笔。

受母亲的影响，虽然笨拙却依然勤奋的我喜欢在厨房里忙进忙出，喜欢在周末和他躲进厨房，关掉微信和QQ，关掉一切和外界的联系，两个人只是在喜爱的音乐声里，把从超市精心选购的色泽鲜艳的食材，添一份温情，加一点儿爱心，揉进点儿理解和包容，为一家人做出可口的饭菜。那一粥一饭虽不奢华，但也氤氲着我们的满满爱意，品尝间，依然唇齿留香，其乐融融。

年龄渐长的岁月，对厨事和爱情态度少了最初的华美和形式，多了份朴实和妥帖。一直觉得最美好的爱情，不是那些动人的山盟海誓，而是有一个男人肯用一生的时间为你做可口的一日三餐。

最喜欢《北京遇见西雅图》中的那一句经典台词："他也许不会带我去坐游艇、吃法餐，但是他可以每天早晨都为我跑几条街，去买我最爱吃的豆浆油条……"

肯为女人跑几条街去买早餐的男人是帅气的、可爱的；愿意为女人做早餐的男人更是温暖的、贴心的。我的他虽无才、无财，但他愿意为我在寒冷的冬天做好热气腾腾的早餐，愿意轻挽衣袖为一家人做出温暖的饭菜。平淡的烟火，朴实的情感，也许如此这般相守，已是人生最好的陪伴。

囿于厨房缘于爱。一个男人如果愿意把自己"囚禁"在厨房，用一生的时间为一个女人做下可口的一粥一饭，那他一定是深爱这个女人的。

读杨绛先生的《我们仨》，最能触动我灵魂的就是他们刚到英国那段时间，当他们从可以提供食宿的老金家搬到自己挑选的新居时，两个不会做饭的文人、学士，整天除了读书学习就是研究怎么做饭的奇闻趣事。

刚搬到新居的第一个早晨，不识五谷杂粮，不会划火柴的钱锺书为杨绛做好属于她和他的第一顿早餐，备好红茶、牛奶、果酱，并且用小桌把早餐端到酣睡的杨绛身边……

没有琐事扰心，没有政治纠葛，那些年是杨绛先生最幸福的时刻，最快乐的时光。这样的早餐，钱锺书为杨绛一做就是一生一世，这样浸润着浓浓烟火味的感情牵手就是永远。读着这样的文字，心里都是满满的感动。

有时候爱是感动，有时候爱也是传奇。听着王菲的《传奇》，我想起她和谢霆锋充满传奇的爱情。分手十二年后再次相逢在红尘渡口，在爱的世界里相依相惜。

谢霆锋在巴黎拍摄的节目《十二道锋味》中传递着他对王菲的爱恋，他为王菲做的早餐是他对王菲的缱绻。因为爱，九岁的年龄差异，十二年的分离，都不是问题，他愿意为她褪尽舞台的光环，做好早餐。四十多岁的王菲被他爱意满满地唤起曾沉睡了那么多年的情感……

因为心中有爱，所以一个人才愿意为另一个人在厨房里忙碌，用四时园蔬中的红、绿、黄、白，做出爱意浓厚的一日三餐，让心中的温柔被世俗中的烟火熏染。

一到周末，我就喜欢不停地在厨房、洗手间、阳台等地方穿梭，在喜爱的乐曲声中，用心张罗着一家人的柴米油盐，忙碌着一家人的一粥一饭，清洗着一家人沾染的灰尘，晾晒着一家人的妥帖、温暖。这应该就是生命中应该牵挂的碎碎念念，是平淡烟火应该经营的丝丝纠缠。

这一世，唯有美食和爱不能辜负。年岁见长，越来越喜欢沉浸在厨房里的小时光，褪尽因工作生出的浮躁，悉心地把一粥、一汤、一菜、一羹做成自己想要的模样。

囿于厨房缘于爱。在每一个岁月静好的日子里，喜欢与他躲进厨房的小天地，用心巧做全家食，五味调和百味香。

褪尽铅华，衣袖轻挽，在一粥一饭、一茶一菜的精心烹制中做个素简的女子，快乐的厨娘。心若简单，生活处处皆可拥有诗意和芬芳。

茶香情思

一直很喜爱有茶的日子。其实心底里很清晰，自己爱上的是袅娜着茶香的光阴，清雅、淡泊、悠然。在一盏茶香里，浮躁的心会变得通透、缓慢、柔软。

春节期间，有友来访，拿出家中存放的铁观音沏茶，招待客人。友说："这茶真香，好喝！"我在一旁接话："茶里沏进去的不单单是清水，还有我满满的热情。"朋友听后越发赞叹茶的美味，我听后莞尔。

所有的饮品里，茶是我的最爱。或许是骨子里比较传统的缘故，咖啡这样的舶来品，我一直有些抵触。我喜欢闲暇时，慢慢品一盏茶香，看清瘦的时光在指尖流淌。在一抹茶香里，享受一段清瘦的时光，一段缓慢的时光。

对茶，我没有研究，只是喜欢，就如同喜欢一首经典老歌，没有理由。闲暇时，喜欢沏一杯淡茶，听一曲经典老歌，然后一个人坐在冬日的暖阳下，静静地发呆，直至茶喝到无味，歌曲也听了几个循环，才发现时光的针脚没有在岁月的锦上留下什么，一些心念就在茶香里淡淡流过。

对于茶的喜爱，源于父亲的熏陶。父亲是个爱茶的人，做了一辈子教师，半辈子校长，他对茶的喜爱如同他对工作的热忱。小时候，每天映入眼帘的不是父亲案头正在翻阅的书籍，就是那把茶香袅袅的紫砂茶壶。

小时候，家里没有电脑，没有手机，电视机也是奢侈品，每天晚饭过后，父亲便把我们兄弟姐妹召集在一起，手持一把紫砂茶壶，给我们讲《三国》，讲《水浒》，讲他的学生成功的经历……听着父亲的故事，我们都沉浸在父亲那浓浓的茶香情思里。

父亲的茶壶里有着吸引我的秘密：有时是香味浓郁的茉莉花茶，有时是味蕾略感苦涩的乌龙茶。我最不喜欢的是色泽暗沉的普洱，父亲却宝贝一样地珍藏，只有来了客人，才舍得拿出来共享。

母亲告诉我，父亲那些舍不得喝的茶品，都是他远在他乡工作的学生逢年过节时送给他的礼品，他平时舍不得喝。渐渐地，我对茶的喜爱不仅仅限于好奇，每当父亲饮茶的时候，我也吵闹着讨要一盏茶吃。

童年父亲紫砂壶里的茶香如同一架似锦的蔷薇，布满了我岁月的青墙黛瓦，那缕缕幽香，一直在我的鼻翼游荡，清风习习，茶香悠然，陶醉于茶香弥留在唇齿的瞬间。持一颗素简心，在逐渐老去的时光里，用尽一生，迷恋茶的无尽韵味和幽香。

我一直喜欢乌龙茶和绿茶中的铁观音、碧螺春，这几种茶一直是我在家里和办公室的必备品。每天无论多忙，我都会拿起水杯，沏一杯碧螺春放在案头，那袅袅的茶香如同一位身穿白纱的妙龄女子，萦绕在我周围，闻之，顿减满身的疲惫。

喝茶，亦如在品味生活。初入口时，有一丝淡淡的苦味，会亲吻你的味蕾，时日久了，习惯了茶的味道，饮过后，那入口、入心的旖旎，依然会唇齿留香。

喜爱饮茶以来，如今忆起依然唇齿留香的应属高山茶了。高山茶是海拔 1000 米以上茶园所产制的乌龙茶，所以“高山茶”与“平地茶”茶韵不同。

由于高山气候冷凉，早晚皆可被云雾笼罩，且平均日照短，可降低茶树芽叶中所含儿茶素类等苦涩成分，且高山茶外观为球状卷曲，呈青褐色，泡出的茶汤呈金黄色，加上清新的香气韵味十足，滋味甘醇以及耐冲泡的特性，使高山茶别有一番茶韵。

把这样与众不同的茶品拿到办公室与同事分享，就连不爱饮茶的同事也啧啧称赞高山茶有着与众不同的茶韵茶香。

时光渐老，年华向晚，也许是怕岁月淡了红颜，一向喜爱乌龙茶、绿茶的我渐渐爱上了玫瑰花茶。那一朵朵焙干成茶的玫瑰，如同我们渐行渐远的青春，在岁月深处独自安眠。

玫瑰原名徘徊花，原产于中国、朝鲜及日本。从古至今，玫瑰因为香味迷人、花形优美、色彩艳丽而备受珍视。玫瑰花不仅是爱的代表，玫瑰花茶更是爱美女子的喜爱茶品。

喜欢在冬日的午后，用玫瑰花蕾制成的干花几朵，再配上嫩尖的绿茶一小撮，或者加红枣三颗，开水冲茶喝。看着漂浮在水面的玫瑰花蕾，一种甜腻的幸福感便在心底荡漾开来，仿佛那逝去的青春，已在玫瑰花茶里找回。

触目横斜千万朵，赏心只有三两枝。饮茶亦是如此，有喜爱的三两个茶品就好。饮茶真正的妙处是：冬日有雪的日子里，约三两知己烹茶煮酒赏梅花。这样的景致，与茶是最好不过的了。

捻一缕茶香，只想守一段时光，看岁月在指尖滴尽时，听一指禅音，在耳畔鸣唱。立春过后，绿意渐浓，我只沏一壶玫瑰花茶，持一颗素简女儿心，一笑迎春归。

绿叶荫浓庭院静

一直觉得，人的一生最好有两处住所，一处是为了工作和生计安身于闹市的楼房，一处是为了安歇疲惫的灵魂而隐藏于小城或小镇的庭院。

绿叶荫浓庭院静。院子不必太大，有绿叶，有花香，有鸟鸣就好。闲暇的日子，就安然地坐在小院的木凳上，花树下，读书、听风、听雨、听花开花落，看一枝枝桃花、梨花、杏花、樱花……迎着朝阳，在雨露中慢慢开放。一颗心，随意地听鸟鸣，闻花香。不必急匆匆地赶时间，忙生活，忙工作。

春暖花开时，就那么静静地坐在小院里，看一丝丝禅意从新沏的茶壶中慢慢升起。随手采二两清风，邀一帘明月，摘几缕花香，把静谧的小院婉约成一首清丽的小令，谱写进你我共同的华美辞章。

在阵阵鞭炮声中，在春暖与春寒之间，在立春与雨水的轮回交替里，日子一页页向远方飞去，如一封旧时的爱情书笺，飞越时空，飞越有你、有我的时间和空间。

站在春阳下的小院里，我轻蘸一滴晶莹的春雨，写一帧桃红小笺，寄于自己，寄于绿绿的春天，寄于你。告诉春天，我只与你小笺添香，一纸呢喃，用一世相伴，弹一首诗的柔情。

春已暖，花将开，还好，褪去冬日的冗重，我依然可以在红尘的渡口翩然而行。光阴铺好的纸上，你是最好的地址。折一枝花香，于春天，与你在路上相逢。我会记得，樱花盛开的时节，你一直站在樱花漫天的小院内等我。

三月，小院在暖阳下变得美丽、轻盈，桃花朵朵将开，春风阵阵在吹，小院的绿意在萌动，小院的花苞在膨胀。浅浅的篱院边，谁是谁最美的遇见？谁又是谁一生的眷恋？小桥流水，墨香飞溅，我用一纸桃红和一低眉的柔情，与你描摹出一帧别样的小院风情。

春天，小院卧在春阳下，如诗，如画。春阳柔柔的，暖暖的，落在发梢，落在肩头，像抚，像挠，温暖于心，痒痒的，人和心一起醉了！

小院，虽不繁华，在春风的抚摸下有新月照，有罗幕挂，有珠帘卷，有春韭竹林陪伴，画梁栖燕，还有燕语莺啼醉在耳畔。

过几日，杏花开了，梨花开了，桃花也开了。属于梨花楚楚的白，迎春花淡雅的黄，横着、竖着、密着、疏着，一切美得那样单纯，那样安静，在春阳的滋润下各种植物生长得适意而温婉。

春信隐隐约约，如期而至，各种花树纷纷开落，这情，这景，已是美到极致。春天里的小院，亦如一位柔美的女子，婉约而精致，明媚而醉人。

回眸间，有一种甜蜜的时光，令人终生难忘，因为它有我们童年的稚嫩脚步在其中快乐徜徉。小院、旧宅，一树树春花在暖阳下肆意地开，一枝枝绿藤在和风中疯狂地长。

那些儿时在小院内乐此不疲的游戏，那些“触目惊心”的经历，那些温暖一生的小院旧物、旧时光，在春风里肆意生长，在记忆里长成一棵参天大树。儿时的过往，童年的记忆，如四季不知疲倦的风，在人生路上吹拂一程又一程。小院的光阴，那么慢，那么闲，那么柔，那么轻……

早春，我从婉约的辞章间走过。春阳暖暖，花萼在三月的枝头嫣然。我采摘下芳菲朵朵，用心把瓣瓣花苞绾成一个娇艳的花束，装进那个寄给春天的信封。春风打开信封的瞬间，你刚好经过。花儿绽开的时刻，一米阳光就在小院里明媚、灿烂。

绿叶荫浓庭院静。不用为生计奔波的周末，坐在小院内新绿肆意，花蕾膨胀的花树下，品一盏禅茶，翻几页闲书，写几行小字……在缕缕春风里，与你相伴，与花香相逢，与春天相拥。如此，如实，亦是很好。

当春色醉人时，不用面朝大海，小院内已是春暖花开。趁着周末，约三两知己，在小院的花树下小酌，闲谈间，看繁花在暮色里随意飘动。

在闹市的高楼里，忙时身有所居；在小城的小院内，闲时心有所栖。也许，这就是我和你生活的理想；也许，这就是我和你理想的生活。

等到我们都老了，就避开城市的繁华，安居在四周有繁花，墙壁有绿意，耳畔有鸟鸣的小院中，静守一种烟火中的诗意，安享一份两个人的清欢。

让灵魂漾着香气

灵魂有香气的女子，是寂寞的，是空灵的，她们如空谷幽兰，有着缕缕清香，不喧嚣，不热烈。

灵魂漾着香气的女子，她们在淡然寂静中，通过自己的努力成为自己期待的那个人！张幼仪的灵魂就漾着香气，她的人生经历就是一部励志大剧。她用自己的经历告诉我们，糟糕的过去不过是一所学校，你在其中经历的一切磨难都会照亮你前进的路，通过努力就会让灵魂漾着香气。

人们一直被徐志摩对林徽因的痴情所感动，对陆小曼的娇宠所动容，觉得诗人一定浪漫多情，却不知道张幼仪所经历的艰辛。她是徐志摩的“小脚”老婆，即使家世背景雄厚，被手握重金、掌握大权的兄长们疼爱有加，却被多情浪漫的诗人所嫌弃。即使如此，她依然一心一意地为徐志摩的家人们操劳。

你无法想象在别人面前温文儒雅的诗人在面对妻子时的冷酷残忍：逼她打胎，逼她离婚，对她冷酷到让人心碎。离婚后的张幼仪通过自己的努力，才得到徐志摩的尊重，才迎来了人生的春天。命运在为她关上婚姻的大门时，为她打开了事业的窗。她靠自己的努力，创办自己的服装公司，投资金融、股票，她的事业做得风生水起。

她独自侍奉父母、抚养幼子。在离异数年后，遇见自己的爱情，得到儿子的支持。梁实秋对她评价："她沉默地、坚强地度过她的岁月，尽了她的责任，对丈夫的责任，对夫家的责任，对儿子的责任——凡是尽了责任的人都值得尊重。"

张幼仪用自己的坚强、隐忍，让漾着香气的灵魂得到世人的赞赏和尊重。只有珍爱自己的女人才会懂得对自己来说最重要的是什么，即使渴望也会知道生活所背负的责任。比如林徽因，她爱得聪明，知道浪漫多情的诗人不适合婚姻，真实包容的梁思成才是她最好的选择。

几乎在所有人的眼里林徽因都是个几近完美的女神，在人生的各个阶段都大放光彩，身边结交的朋友也是当时在各个领域的领军人物。其实，她用在人生规划上的工夫不比梳妆打扮少，花在饱读诗书方面的时间也不比保持容颜的时间短。

林徽因是女神，也是普通人，有庶出的身份，农村出身的母亲，有急躁的脾气和固执的性格，但在青梅竹马的梁思成眼里，这些却都是优点。她常常在夜晚写诗的时候，焚一炷香，摆一瓶花，穿着白色的绸睡袍，极度地自恋着。所有的爱情都基于欣赏，对她的自恋，梁思成别有一番宠溺地唱和。

真正的幸福，不是活成别人的样子，而是能够按照自己的意愿去生活，活成自己喜欢的样子。顺着自己的心意而活，就是最好的生活。人，其实不需要太多的东西，只要健康地活着，真诚地爱着，就是富有。对生命而言，接纳才是最好的温柔。是你的，就是你的。我们努力了、珍惜了，就问心无愧。其他的，交给命运。把一切看轻、看淡，人才会优雅。

狄更斯说："一个健全的心态比一百种智慧更有力量。"生活中，一个好的心态，可以使你乐观豁达；一个好的心态，可以使你战胜苦难；一个好的心态，可以使你淡泊名利，过上真正快乐的生活。人的心灵是脆弱的，需要经常激励与抚慰。常常自我激励、自我表扬是一种给心灵解绑的方法。快乐其实很简单，可以是一花、一茶、一书的遇见，可以是一人、一事、一生陪伴的温暖。

人生无趣，这一生一定要找一个有趣的人陪自己。我想那些灵魂有香气的女子便是有趣的人。她们可以把繁忙的俗世过得优雅，在繁忙的岁月里依然坚持读书、喝茶、写字、养花……把夹缝里的日子过得活色生香。人生的每一步都能淡定从容，如此便是优雅！

胡适先生说："一个人的前程，往往全靠他怎样利用闲暇时间，闲暇定终生。"如果一个人在下班之后能利用闲暇时间，坚持去做一件有益的小事，假以时日，这件事就会以不可思议的方式回报你。

你所看到别人的光鲜，都是无数流汗的夜晚换来的。与其临渊羡鱼，不如退而结网。你的时间用在哪里，你就会成为什么样的人。下班后忙什么，如何利用闲暇时间，决定你人生的高度。坚持去做有意义的事，珍爱自己，你的灵魂就会变得有香气。

只有爱自己的女人才会绽放最灿烂的光芒，才会持久美丽耀眼，爱自己才会清晰地知道自己要什么，才不会走错路，在爱自己中学习如何去爱别人，在生活中明白如何去生活，女人珍惜并关爱自己才会让自己的灵魂漾着怡人的香气。

如果可以，就让我们在一书一茶、一味一禅中让灵魂漾着香气，与精致、优雅、懂得、呵护牵手终老。

漫步诗经，心若萱草

万物生灵中，我最喜欢的就是植物。《诗经》里的植物，于我而言，虽然已经相隔差不多2500年，但她们的空谷回音，她们的虚无缥缈，似乎因着这阅读的心路历程，我对她们更有一种深深的欢喜。如果我的人生可以选择，我喜欢以长在《诗经》里植物的姿态生活，不攀不附，不蔓不枝，曼妙、优雅。

读《诗经》，我最喜欢的是那些带着体温的植物：木槿、萱草、幽兰、蓼蓝……一个个如同女子一样美好的名字，温婉而馨香。

《诗经》里的多情植物，印证了人与自然之间永恒的缠绵，而这些看似神秘的草木，携带了一身不为人知的诗意，在两千多年后，仍然不言不语地生长在我们的山野巷陌中。

我们揭开历史的面纱，去亲近古人身边的植物。此刻，你低头凝视一棵棵再寻常不过的野草，依然能闻到那穿越千年历史的芬芳……

最喜欢《诗经·卫风·伯兮》中用萱草表达思念的句子："其雨其雨，杲杲出日。愿言思伯，甘心首疾。焉得谖草，言树之背。愿言思伯，使我心痗。"

萱草在《诗经》中被称为爱的使者、母亲之花，有“一日百合”的美称。如果我可以做一株长在《诗经》里的植物，我会选择做一株萱草。萱草又名忘忧（忘忧草），来自《博物志》中：“萱草，食之令人好欢乐，忘忧思，故曰忘忧草。”

红尘中行走，琐事缠绕，难免会遇见令人心忧的事情。如果可以，就做一株萱草，用时光的沙漏，只留下欢乐时光的记忆，忘却尘世所有的忧思。

萱草就长在两千年前的时光里，一声紧似一声叹息，最后形成最孤独的自己，留在时光隧道里，低回婉转。忘忧的植物一定孤独，因为不可靠近，不可寡欢，但它们自带芬芳，却又充满诱惑力。

这一切忘却的记忆，都是定数。如同一个人与另一个人的遇见或者离散，都是定数。

当心情太过繁杂时，我们不妨就选择做一株长在《诗经》里的植物。可以试试庄子的“坐忘”。在静坐或行走中享受一份孤独的圆满，放空自己的心灵，忘记该忘的，放下该放的，改变可以改变的，选择一种让自己快乐的方式生活。

我喜欢的萱草是孤独的。孤独是一种沉淀，孤独沉淀过后的思维是清明。“坐忘”有助于我们找回清明的心，忘掉尘世的繁杂。

放慢脚步，与自己相处的时间多一些：去读书，去走路，去运动，去看花，去喝茶，去欣赏艺术……在留白中就可以多一些思维的空间，生命的过程就会细腻一些，平淡的烟火就会诗意一些。

面对韶华易逝的光阴，努力做一株长在《诗经》里的萱草。将所有的不如意都变成心静如水，将所有的情绪都调成静音模式，将所有的美好都泛滥成渠，让幸福的鱼儿在水中快乐游弋，在自己的海洋里过自己想要的日子。只许花香、茶香、书香在生命的每一个枝节氤氲、旖旎，用一颗善良的心待人，用一颗有趣的灵魂待己。

一个人无法做到不动声色地面对生活中的突发状况，就注定无法豁达洒脱地面对情感和生活。从今天起，一株忘却忧思的萱草，不攀不附，不惧不忧，乐观积极，豁达开朗，勇于面对生活中暗藏的荆棘和挫折。当生命遭遇不如意时，不烦恼、不偏激、不痴狂、不沉迷，坦然从容地面对，淡定优雅地生活。

此生，以一种植物的姿态在薄情的世界深情地活着。自渡彼岸，以光阴为桨，任风吹，任雨来。很多光阴，你必须一个人去承受、去面对。让自己活成一种方式，活得没有时间和年龄限制，这是人生最美的修行。用光阴的荒凉和岁月的沧桑，做成一朵永不衰败的花别在衣襟上。让缕缕暗香氤氲着薄凉的岁月，安暖着苍凉的生命。

“萱草虽微花，孤秀能自拔。亭亭乱叶中，一一劳心插。”刘禹锡用杜康散闷，苏轼用萱草忘忧。此生，我心若萱草，就以一种植物的姿态生活，不是花，只是一种泛着绿意的植物。

少年时，是枝枝新绿，绿得娇艳欲滴，绿得茂盛、富有勃勃生机；青年时，是节节葱绿，绿得青春飞扬，绿得葱茏作响；中年时，是一枚黛绿，用欢喜的心阅读着来自生活中细微的枝节。静守一份欢喜，泛着绿色的光，寡言沉默；到了老年，就做一丛老绿色的灌木，在旷野里独自绿着，保持着苍老的天真，保持着百年以来不曾改变的孤独。

王尔德曾在他的一部作品中告诉人们：世间再没有比人的灵魂更宝贵的东西，任何东西都不能跟它相比。读书可以让人拥有富足的内心，那是千金不换的财富。一盏好茶，一本好书，一份又一份小欢喜。如果可以，就让我们种一株萱草在心底，用书籍喂养心灵，用精致的灵魂丰盈平凡的生命。在文字摆渡中，遇见美好，遇见另一个自己。

在内心的绮丽光影里，我看到自己如一株萱草，孤独成长着——不攀不附，不蔓不枝。与前尘往事，不语；与他人之事，不言。静守一朵莲的纯净和空灵，拈花微笑。草木间轻吟，善待自己和岁月，一切静幽而美好。

慢下来，与岁月温柔以待

“从前的日色变得慢，车，马，邮件都慢，一生只够爱一个人……”一直很喜欢木心的这首《从前慢》。喜欢他慢下来，用一生的光阴，把一个人的岁月过得诗意满满。

在大家都快的时候，你慢下来了，你的生活就有了美感。有时候，我们会因为浅浮和急躁，伤害了最亲近的人。褪去浮躁和尖利，让内心温润如玉，与岁月温柔以待。

与人相处，勿怒，怒易让人面目狰狞；勿悲，悲易让人心神俱疲；勿争，属于你的永远属于你，不是你的争也没用；坦然面对该发生的一切，顺时而生。面目慈善、心神恬淡是一个人最好的妆容。一个人的小时光，一半是生活，一半是心情！

一个人心情愉悦的时候，雨也是晴；心雨的时候，晴也是雨。既然无力改变该发生的一切，那就只能改变心境。纵观这世上的一切，我们会发现，真的有太多我们无力改变的事情。我们不能掌控哪一天是晴天，哪一天突然下起雨，但没关系，晴天温暖，雨天浪漫，只要人心安恬，时时都会阳光灿烂，笑意盎然。因为你的世界是怎样的，你自己说了算。

我们应该在寒意四起的岁月中开出最有质感的花，用诗意的心去代替浮躁和繁杂。如果人生不总是我们喜欢的样子，我们可以选择做一个喜欢的自己，过自己喜欢的日子。

用一颗有质感的内心，拉长生命的宽度，拓宽生命的厚度，享受精神世界的富足。人生，一半是心情，一半是生活。只要用心经营，就是寻常的烟火日子，也能得到自己想要的幸福。

这个世界上，没有两个人是天生合适的。无论是亲情、爱情，还是友情，每个人的背景不同、经历各异，相处起来总有这样或者那样的龃龉。就像两块棱角分明的石头，想要紧紧相依，就总要磨掉一些自己的棱角。

有时候感情里最重要的并不是两个人合不合适，而是两个人愿不愿意自己忍耐、包容对方。真正能够白头偕老的人，一定是懂得包容和忍耐的人。真爱你的人，一定会为你忍耐，尽管过程辛苦、坚持不易，但他依然会在你身边，陪你一直走下去。

着急的事，慢慢地说，脚下的路，稳稳地走。用一颗温柔的心去对待你的世界。柔和是一种品质与风格，是一种更高境界的坚守，是一种不曾剑拔弩张、依旧坚守尊严的艺术。柔和是内在的原则和外在的弹性充满和谐的统一。

柔和有时比风暴更有力量。它是力量的内敛和高度自信的宁馨儿。只有成长自己的心，才会在不经意之间收获柔和。努力做一个柔和淡定的人吧！既能使自己快乐，又能让别人感到轻松。

我们都是尘世中那片孤独的云，于无边的时空里，张望着红尘的烦琐，经历着生命中必然的遇见。或许，时光的两岸，唯有不辜负光阴，不违背初心，才是岁月的静好，才是现世的安稳。

有时候在乎的太多，对自己也是一种折磨。放下自己的执念，宽心做人。多一份平和，多一点温暖，把一切交给时间。人生，需要有一些时刻，慢下来，静下来……听一听花开花落的声音，看一看云卷云舒的曼妙。

我一直在做着生命里的减法，去掉那些杂陈，放慢脚步，让灵魂轻装前行。对一些过往不争、不贪。红尘中行走，内心处参禅。不求繁华，只求简单。在清净处悦己，在柔和处待人。清即是净，净即是空，空即是禅，禅是知味，是行苦，是清欢……

余生的每一天，都要宽待别人，善待自己，慢下来，与岁月温柔以待。不快乐时，想办法让自己快乐；不温暖时，就朝着阳光出发。幸福就是一粒种子，你若用心呵护，它必在你的生命里灿如夏花。

年龄只是一种符号，用一颗素简心面对尘世的纷扰，在纯净的世界里活出自己的精彩，不要让心灵长皱纹。无论生命处于什么样的岁月，都要好好爱自己。用积极向上的心态面对一切，你的世界就会永远丰饶。

风起于青萍之末，浪成于微澜之间。无论是生活还是工作都倾心对待每一个细节，让触动心弦的每一朵涟漪，都婉约成晶莹剔透的芳菲，在生命里翩跹成清丽的诗行。

褪去因为忙碌萌生的浮躁，放慢脚步，在一盏茶、一朵花的世界里放逐自己。当一个人的呼吸，与植物的呼吸融合在一起时，在烦琐冗重的背后，在凉薄而喧嚣的尘世，纯净与超然，安恬与平和，出尘与空灵，爱与美，就会在不老的四季，缠绕在生命的枝头，与灵魂同在。

生活撩人心魄的地方就是：你永远不知道，在下一刻，在下一刻的下一刻，会有一份惊喜，不早不晚，为你等在那里。你要相信，你的诚意永远不会磨灭，生活自会用最好的方式安妥待你。勿虑太远，光阴自会为你摆平所有的负担，你忧虑的一切自会以最好的结果呈现。

慢下来，与岁月温柔以待。用你的微笑去面对这个世界，岁月永远不会磨灭你的赤诚，她会以更美的姿态回报你的笑容！

最是李渔知闲情

能把平淡的烟火日常过成被世人效仿几百年的闲情逸致；能把自己的一生活成别人的几世，当属明末清初有一个精致灵魂的李渔。

初识李渔是因为他被传诵百年，被世人朗朗上口的《笠翁对韵》：“天对地，雨对风。大陆对长空。山花对海树，赤日对苍穹……”再识李渔，却是因为手里捧着的这本《闲情偶寄》。

林语堂先生极度推崇李渔，他评价李渔：“李笠翁的著作有一个重要部分是专门研究生活乐趣的，是中国人生活艺术的袖珍指南，从住宅与庭院、室内装饰，到妇女梳妆、美容，盆景的艺术……”

《闲情偶寄》一书就记录了他研究生活乐趣的细节和精致。李渔的这种生活方式，把自己的一生过得充实、美好，轰轰烈烈，把自己的一生过成了别人的几世。

生性惧怕韵律和平仄束缚的自己，读《闲情偶寄》一书，总想跳过前两卷笠翁对诗词、元曲韵律结构的细解，直接在后几卷居室部、器玩部、饮食部、种植部、颐养部的描述详解中沉沦。

李渔是成功的生活美学家，他懂情趣，懂生活，懂女人，他把自己的生活过得活色生香，用鲜衣怒马的一辈子，完成了自己对想要的生活方式最好的诠释。

他是最好的家具设计师，他在《闲情偶寄》中有云："凡人置物，务使人人可用备，家家可用。"明式家具活灵活现地在他的文字中显现，几张床榻，几把明式黄花梨椅子，至今一直是家具中的贵族。

李渔亦是最高明的室内设计师。他认为当时人们满室都裱白纸的做法是俗人的思路，缺乏新意。他别出心裁，在墙上先裱一层酱色纸作为底色，然后将若干豆绿色的笺纸剪成不规则碎片，随意地粘贴在酱色纸上。这样，室内的墙壁就如同哥窑瓷器一样，满布冰裂纹，达到特殊的艺术视觉效果，美而不俗。即使活在当下，李渔也算是文艺青年，卓尔不凡。

李渔自诩有两大绝技，一是辨审音乐，一是建造园亭。"径莫便于捷，而又莫妙于迂。"李渔主张在面积不大的园林中，应当修一条曲径，会给人深幽的感觉。他的这一思路对"曲径通幽"一词做了最好的诠释，可以和卓越的园林设计师相媲美。

李渔是园林设计师，更是生活美学家。他对美食亦有独到的见解和做法。"食笋之法多端，不能悉纪，请以两言概之，曰：素宜白水，荤用肥猪。茹斋者食笋，若以他物伴之，香油和之，则陈味夺鲜，而笋之真趣没矣。白煮俟熟，略加酱油。从来至美之物，皆利于孤行，此类是也……"

读着李渔对笋各种各样做法的记载，相信一定会有许多人想吃笋了吧！喜爱美食的人很多，会做美食的人也很多，但像李渔这样把生活情趣记录下来，被世人传承的却少之又少。

李渔懂园艺，懂生活，懂情趣，懂女人。在《闲情偶寄》一书中他说："金屋不可设，药栏花榭则断断应有。"他主张，富贵人家园内应种植名花，这样，美人便可晨起簪花，随心插戴……

雅致园林中，竹林深处，曲径通幽，奇石遍布，美人随心簪名花，这是怎样的一种风情？

女人的美不在貌，而在态。他说"女人衣衫，妇人之衣，不贵精而贵洁，不贵丽而贵雅，不贵与家相称，而贵与貌相宜……"美人在骨不在皮，优雅、精致便是女人最好的容颜吧！

李渔热爱生活，热爱艺术。他在居住的厅屋四面墙上画满各种颜色的花草树木，加上缭绕的云烟，再把喜爱的鹦鹉养在盘曲的老树干上。画是假的，鸟是真的，这样有情致的妙造自然，会令多少人叹服于他的神奇意念！

李渔这个前无古人后无来者的极品男人，嗜花如命，为买水仙典当家中饰品的男人，我真心喜爱他的雅致和情趣。他说："予有四命，各司一时：春以水仙花为命，夏以兰花为命，秋以海棠为命，冬以蜡梅为命。无此四花，是无名也。一季缺予一花，是予夺予一季之命也。"

细数我们指间的光阴，红尘俗世，有太多的花事在我们的生命里出现，然后用璀璨的明媚惊艳我们的眼眸后，便消失于云端。我们无法用语言决定哪一朵花是自己的最爱，也许，遇见明媚，字墨飘香，唇齿留笑，就是相遇后的美好。

最是李渔知闲情，他极会享受生活：唱戏、品茗、喝茶、赏花、焚香，吃各色各样富有意趣的食物，过"窗临水曲琴书润，人间花间字句香"的日子。

李渔是四百年前的生活家、美学家、艺术家、喜剧家、家居设计师、园林设计师、畅销书作家……仿佛我们生命中所期待的美好都与他不期而遇，并放出夺目的光辉。

毫无疑问，李渔是最懂得意趣的生活美学家。如果可以穿越时空，我希望穿越到明末清初，能与懂生活、懂风月的李渔相遇，和他一起辨音律、赏花事、品香茗、论园艺、谈食趣……与他亦师亦友、择邻而居，都乃人生中的一桩美事。

美人不迟暮

每一个时代都有美人，但每个时代的美人的经历不同，气质与性情也各不相同。任何一个时代的美人，有了琴棋书画藏于心的才情，有了行云流水般的曼妙舞姿，就可以在这个世界上美丽地活着，哪怕衣素食简，内心依然有一蓬莲开，向风妖娆。

从《诗经》中的美人翩翩，到《古诗十九首》中的美人情浓，再到唐诗宋词的美人潋滟。美人们绝世的容颜虽然在历史的长河中翩若惊鸿，但她们留下的故事却如星闪耀，照亮了千年的孤独；她们的美丽如玉温润，丰满了岁月的沧桑。

穿越历史的长空，我在楚汉争霸的夹缝中，看到虞姬那玲珑的身姿，倾城的容颜，翩若惊鸿的舞步。虞姬不仅长得美丽，舞姿更是楚楚动人，还有她的剑，也同样舞得如行云流水。

虞姬作为楚霸王项羽的美人，常随项羽出征。楚汉相争后期，项羽趋于败局，被汉军围困垓下，兵少粮尽，夜闻四面楚歌，哀大势已去。面对虞姬，楚霸王在营帐中酌酒悲歌："力拔山兮气盖世，时不利兮骓不逝，骓不逝兮可奈何，虞兮虞兮奈若何？”

面对霸王流露出的儿女情长、英雄气短的哀叹，随侍在侧的虞姬，怆然拔剑起舞，并以歌和之。

有时候，男人的内心脆弱得如同女人，而面对抉择，女人的内心坚定得却如同男人。当男人进退两难时，女人会用性命帮他做最后的决断。

军帐内，面对楚霸王的犹豫不决，虞姬凄然起舞，忍泪唱起：“汉兵已略地，四方楚歌声。大王意气尽，贱妾何聊生！”

虞姬的这一首《和垓下歌》，既是历史上少见的绝命悲歌，也是爱情的悲歌。虞姬为了让项羽不再有牵挂，唱完《和垓下歌》，挥剑自刎。

虞姬这一美人的倾国倾城之貌，风华绝代之颜，在挥剑自刎的那一刻，在历史的天空定格为永恒。

《霸王别姬》这一经典曲目，也成为楚霸王和虞姬的爱情丰碑。虞姬在风华正茂的岁月，为了项羽的大业，挥剑自刎，是为了让他转身上路，没有后顾之忧。

美人不迟暮，虞姬用她的芳华，倾情一舞，用死亡渲染了项羽的悲壮，提升了他的格局，让他虽败犹荣。

世人在想起那个在英雄宴上旋转成蝶的美人——陈圆圆时，就会想起吴梅村的《圆圆曲》中的那一句“恸哭六军俱缟素，冲冠一怒为红颜”。

陈圆圆传奇一生的起笔，离不开吴三桂“恸哭六军俱缟素，冲冠一怒为红颜”的誓言；离不开他率领几十万清军开山海关，亡大明朝。

陈圆圆的出身很平凡，原名陈沅，因家贫流落苏州。但她天生丽质，经过精心教育，“色艺擅一时”，既有天生的好嗓子，又工于声律，琴棋书画都很娴熟，是个蜚声江南的绝代佳人。

自古红颜多薄命。后来，陈圆圆由一个坊间名妓成了田国丈府中的一名绝色舞娘。在锦衣玉食的环境中，日日歌舞宴饮，技艺更加精进，声名响彻京城富豪权贵之家。吴三桂回京时，田国丈想结交这个实力派作为以后的依靠，让陈圆圆招待这个武夫。吴三桂一见陈圆圆，疑为天仙，又惊叹她的才艺，于是向田弘遇索取陈圆圆。田一则无奈，二则想靠吴三桂保护自己身家性命于乱世，便将陈圆圆送给吴三桂。

风起于青萍之末，吹皱了一池春水。吴三桂，这个有大周皇帝的天子命却为大清朝打下半壁江山的人，一个使一代枭雄李自成命丧其手的人，只因为在一次英雄宴上遇见“声甲天下之声，色甲天下之色”的美人——陈圆圆，便成为敢为爱情担负身后滚滚骂名的男人。

“恸哭六军俱缟素，冲冠一怒为红颜”，因为吴三桂这一句夺妻誓言，陈圆圆被千夫所指，成为一夜亡国的妖物。其实，战事、争霸、入关、亡朝，都只是男人们的野心勃勃，都只是枭雄们的霸主野心在作祟，所有的一切都是吴三桂不满李自成草莽本性的所作所为，要倒戈清朝罢了！只是乱世成就了陈圆圆，让世人皆知有陈圆圆这个“半世浮萍随逝水，一宵冷雨葬名花”的倾世美人。

在和吴三桂相处的日子里，陈圆圆也曾是幸福的。她随他迁去昆明定居，结为夫妻，恩爱两不疑。

吴三桂被封为平西王后，欲废结发妻子，封陈圆圆为王妃，圆圆不受，只做普通侍妾。在吴三桂绞杀了永历皇帝后，便出家金禅寺，由国师赐名“寂静”，号“玉庵”。一代红妆从此铅粉落尽，归于平静。

陈圆圆深知，芳华易逝，恩宠难回。当一个男人功成名就时就容易倨傲起来，难以亲近。当他重权在握时，她选择独居别院，独守没有燃尽的芳华。

美人不迟暮，因为她们的美丽在芳华正浓的岁月，生命的琴弦谱写的篇章在世人的视野中便戛然而止。她们的美丽，如春光归来时的袅袅春幡，在诗意盎然的季节，定格成一袭明媚的背影，永不褪色。

修行

莫名，心底里就喜欢上了“修行”这个带有禅意的词。这种喜欢是发自内心的喜欢，它的词意里蕴含着扑面而来的绿意，醉了一颗因各种忙碌而变得浮躁的心。

修行是一种心灵的沉淀，如一枚时光过滤器，会滤去一些因烦琐冗重的凡尘俗事萌生的浮躁、焦虑和不安。

修行总是好的，它会使一个人的内心变得澄澈、透明；会使一个人的灵魂变得精致、丰盈；会使一个人的性情变得平和、淡定；会使一个人对红尘琐事少一些索求和纷争。

一个人改变自己最好的方法不是在表象上下功夫，而是要从内在改变气质。比如多读书，多欣赏艺术，多旅行，热爱生活，善待生命，对身边的人多一份理解和包容……这是精神的化妆，也是生命的修行。

读书应是第一件可以修身养性的事。当读书成为一种生活方式的时候，你内在的气质也在潜移默化中得到提升。读书可以让人保持思想活力，让人得到智慧启发，让人滋养浩然之气，让人拓宽人生格局。

杨绛先生说："读书好比串门儿——隐身的串门儿。要参见钦佩的老师或拜谒有名的学者，不必事先打招呼求见，也不怕搅扰主人。翻开书面就闯进大门，翻过几页就登堂入室，而且可以经常去、时刻去，如果不得要领，还可以不辞而别或者另请高明，和他对质。"

读一本好书就是和一位圣人对话，可以拓宽一个人的格局。格局决定一个人的态度，态度决定一个人的命运。生命格局拓宽，生命就会厚重。爱心、自律、向善会让一个人做最美的自己。用阅读凝固时光，就会让灵魂生香。

人生不过就是这样，在阅读中成为一个更有精神、更有灵气的自己。一个人若在深层的"化妆"中努力，即使老去，依然会是生命中那个最美的自己！

读书，让你拥有一份书卷之气；修养，让你拥有一种娴静之气；阅历，让你变得从容和淡定；着装，让你变得自信和独立。

庄子说："物物而不物于物。"物固有所然，物固有所可；无物不然，无物不可。尘世中行走，养一颗自由心，摆脱束缚，做好自己，不必在意世俗。只有保持内心的自由，不患得患失，默默耕耘，尽力付出，用心弹奏好自己人生的每一个章节，才能最终得到自己想要的一切。

做一个简单的人，在一盏茶香里让一颗浮躁的心变得素简。素到极致，是静穆。简到极致，是大美。

喝茶是一件既富有风雅意趣，又可以修炼心性的事。烧水、沏茶、泡茶的过程是等待让茶氤氲出茶香的过程，这种等待可以锻炼一个人的耐心和平静。

茶水与茶的遇见也是一种缘分，太烫的水会破坏茶的精髓，太凉的水无法沏出茶的香味。这种缘分，就如同两个人的遇见，太紧密的相处模式，会让人窒息，太远的距离亦会让两个人心生嫌隙。爱如饮水，不宜太凉，不宜太烫，温暖即可。

汪国真用他的诗句告诉我们：思恋别人是一种温馨，被别人思恋是一种幸福。这安静的世界里，总有一些人、一些事，值得你去牵念，值得你去付出。

一汪好水，犹记蒹葭。用刚刚好的温度，沏一壶好茶，与一个有缘人，用一生的时光对坐，在缕缕茶香中共话桑麻。抛开所有的繁华，守着余生的光阴，看一段岁月静好，便是最好的现世安稳。

写作，如同在纸上创造另外一次生命。这种感觉，就是一次灵魂的摆渡和放逐。那一个个字符，就是你的心事开出来的一朵朵花。读书，亦是如此。

写作应该是一种最好的修行，它需要一个人完全从喧嚣中走出来，在静谧中用文字做心灵的朝圣。一个人只有在静谧的环境中，才会有缪斯来敲门，才能让一个个灵动的碎碎念念在文字里开出花来。

思想需要经验的积累，灵感需要孤独的沉淀。站在城市的寂静处，让一切喧嚣走远，安然在独处中享受一份岁月赋予的静美。

热情是迎接生活最好也是最有用的方式。当你为生活付出足够的热情，生活也会善待你。时间的齿轮不停转动，你所经历的一切都不会复制、重来，所以珍惜当下，把握逝水流年是一个人最好的生活态度。

每一个烟火日常，用书香、茶香、花香喂养自己的灵魂，用晨跑、暮走锻炼自己的身体，始终相信，你有多么疼爱自己，世界就会多么善待你。

学会尊重所有已经发生的事情，学会控制自己的情绪，学会柔软。试着用道调息、调身、调心，用一颗柔软的心去包容一切不如心意的事情。放下，一切皆可淡然，淡即是空，空即是静，静即是禅……

一花一世界，一曲一禅音。悦己，才是一个人最好的温柔。一钵花，一盏茶，一本书，一曲经典老歌，默默相伴中，是一场又一场温柔的重逢。

自律的人，充满富足的感觉，就是很安分地做最好的自己。一个人的时候，不惧孤独，把岁月的苍凉过成生活的曼妙，是一个人最好的修行。

三毛说：“从容不迫的举止，比起咄咄逼人的态度，更能令人心折。”至真、至纯是一种修为，淡定、从容是一种境界，是一种优雅，更是一种智慧。

为了让人生变得淡定、从容，我一天天地在做着生命的修行，有时用文字，有时用音乐，有时用禅茶，有时什么也不用，只是一颗心在静谧中自由跳动……

第四辑　我倾心的是花事和春色

三月，醉春风

几枝红雪墙头杏，数点青山屋上屏。一春能得几晴明？三月景，宜醉不宜醒。

——题记

自古以来，中国的传统习俗就是自立春之日开始，就代表春天已经来临。

立春过后，春季虽始，我居住多年的北方小城依然在冬的余寒中踯躅。记忆中，小城的春天是从三月才真正开始。一入三月，那冬日的余寒才会在暖阳的蒸融下完全消除，小城的春色才慢慢地在暖阳下一一展现。

三月总是美好的。李白的一句“烟花三月下扬州”，穿透历史的天空，让世人醉在春光明媚的三月里。三月，在一帘月色里，我悄悄从《诗经》中采摘来一些多彩的春色，装进亲手编制的竹篮。然后，就乘着一缕春风，踏着一袭月色，在诗词的婉约中给你送去。这一刻，桃红始华，梨花正浓。最美的是三月的春天，有你相伴，有春同在时的光阴。

烟雨湿阑干，杏花惊蛰寒。惊蛰时节，只因一夜春风来，千树万树春花开，杏花粉白，桃花灼灼，玉兰或紫或雪，迎春花和连翘也在春阳下争着炫耀自己的明黄，所有的花苞你争我抢地在三月的春风里绽放，用一季的芬芳妩媚着孤寂了一冬的小城。作为一个花前客，我只想在三月，不理红尘，独醉春风。

春天，从惊蛰那一天开始，就完全被那些蛰伏了一冬的小虫子们惊醒。忽然之间，小城的一切都被笼罩上一层绿意。河畔的柳枝都会变得如在空中飘动的丝丝碧玉。河堤边的小草也急急地从土里钻出头来，用嫩绿的眉眼张望着这个生机盎然的世界。

那些美丽的花儿一树树地在你的眼前你追我赶地绽放。一夜之间，小城的每一个街道开满了杏花、梨花、桃花、玉兰花、樱花……变成了花的海洋。春天的美丽猝不及防地在你的眼眸间展现，让你觉得春天就是这样美得嚣张，像一个桃花灼灼的新娘。

春天，一直都是这样美丽。从遥远的《诗经》开始，再到清丽的唐诗宋词，最后到春分节气的现在。阳春三月，春色中分。春分过后，杨柳扶岸，春红璀璨。春，就这样一路走来，一路摇曳着迷人的风姿。

春天到底有多少种花在开放，就让蝴蝶负责去数；春天到底有多少花蕊在酿蜜，就让蜜蜂负责去统计；春天的天空到底有多宽广，就让鸟儿们负责去丈量。

三月春，四月天。三月，我就坐在春天的怀里，和春天一起私奔。看春风写来的书信，像十里桃红熏染的小笺，把我的生命熏染，让春天变得妖娆。听阵阵风筝吹出的口哨声，告诉我现在这个美丽的季节叫作春天。

三月，暖阳下，一页春情缓缓归。一些遇见，在春天的枝头又开始姹紫嫣红。一直庆幸在红尘的渡口遇见可以走进心扉的你，在平凡的烟火中，与花香相拥，与你相遇，用指尖的温柔书写一篇迷醉在红尘深处的诗篇。

和着三月的春风，在记忆深处打捞一段阑珊时光。那些曾经的美好，在春的枝头又一次摇曳生姿，唯美如烟。即使有一天我们会在时光的渡口走散，那些一起走过的温暖，依然会在记忆里美妙如画，扣人心弦。

人的一生总会对某一种植物、某一件事物、某一个人爱到痴缠。三月，花苞膨胀着蛰伏了一冬的思念，只想在春风拂面的瞬间，展现对春一生的眷恋。春风已暖，春红痴缠，这一生，谁会是你最美的遇见？谁又会与你在岁月深处，永远擎起爱的经幡？

“樱花烂漫几多时，桃红柳绿两未知。”行走在红尘的岁月，总会有一种事物在心底让你用一生的时光痴缠。知道我深爱的樱花还没开放，朦胧的月色下，还是忍不住心中的期待，停下匆匆的脚步在花树下驻足、凝望。那白色的花苞，状若苔米，在三月的春色中努力膨胀。满目春色，犹如你的一生柔情，待我去赏花的那一刻，在我的眼前努力绽放。

那一年，与你在一棵樱花树下初遇，如雪的樱花不仅开在了你的城池，也种进了我的心底。一生看花相思老啊！

每年的三月春，四月天，樱花都在枝头把我的心事开遍。这一世，我是花前客，你是种花人。余生，就这样与你，一次次赏花在春风里，直至我们都慢慢老去。

每一个过去的日子，都因默默地相伴而泛着醉人的璀璨。三月，我用十里桃花，一笑迎春归。捻一砚墨香，书写一页永恒的春情，让苍凉的岁月生机盎然。

我的小城，三月春红始盛开，杏花粉，桃花红，梨花白，还有那似雪的玉兰和如霞的樱花，一笑迎春归。让我们褪去一切冗重，走在春风里，与快乐相遇，与花香相拥……

春色醉人时，我着一袭红装，在轩窗下伫立，等你乘着清辉的月色缓缓而来，用一颗素心采摘一种妩媚的风情。那一刻，樱花盛开，那一刻，你我同在。

三月的春天，温暖、舒适，花信子在风中传递着春暖花开的信息，春风渐渐把大地吹绿，春的风铃也远远地在耳畔响起。即使如此，我也不醒。只想迎着一米阳光的暖，在春的屋檐下小睡，享受着你带给我的甜蜜。

三月，我把如水的心情装进溢满花香的信封，寄于你，寄于春天。等到挚爱的樱花灿烂的时候，我就任性地坐在春风里，不理红尘。与你，独醉春风。

我倾心的是花事和春色

春天有一种噬骨的气场——最美的四月天，一个人行走在无边的春光里，不理红尘，与春色独醉。

一个人走在春天里，满眼新绿，满目花事，无限清凉，无限美意。天地空旷，春来江水绿如蓝，春来花事灿如锦。不管不顾地，就这样和春天私奔了。

春天，柳丝如玉，桃红嫣然。依着岁月清丽的韵脚，在春的时光里寻找，一场场美丽的花事是我四月最美的遇见，是我春天最深的牵念。

草长莺飞处，春意盎然。春风传递着南国的花香，耳畔你送来的温柔在眉间开成一份红尘的欣喜。

草长莺飞的春天，我用枝头的鹅黄做墨，用桃红的花瓣作笺，写一封长长的书信寄往那个在心底旖旎成歌的地址。

春天，我喜欢到每一棵花树前发发呆，找找自己的前生；到每一只蝴蝶面前问一问，问问她们可否还记得我？

“独立小桥风满袖”“不辞镜里朱颜瘦”，这样华丽而着迷的寂寞，这样噬骨而醉人的春色，只有在春天，在四月，在此时，才会有的。

从春分那一天开始，春风就把春天勾引来了……像浅喜，像深爱，像在春天里浩浩荡荡去赴一场春暖花开的盛会，所有的花，所有的绿，都不请自来。

四月，春风沉溺在一朵朵绯红的樱花里，一片片红色的樱花连在一起如翻滚的云，似锦绣的霞。

繁花似锦的樱花，一卷卷，一重重，那么惊艳，那么惊心，美到噬骨，美到窒息。樱花，是春天最盛大的演出，是一次最完美的表演。

一树梨花压海棠，一直觉得素白的梨花总是比浅粉的海棠诱人，梨花素得彻底，素得优雅。那怒放的紫丁香也是滚滚无边的海，一浪又一浪，香气袭人，没完没了，此起彼伏。

人生最美的爱情，最浓烈时亦不过如此吧。仿佛春风一般动容，两颗心纠缠在一起，再也收不住，再也分不开。

这样美丽的光阴是可以用来浪费的，可以不理红尘，只醉春风。四月，我想就这样坐在春天发发呆，与你虚度光阴。

春天的花事就是一幅连绵不绝、春情盎然的画卷。因为春天有花开，有遇见，有温暖，有桃花灼灼，有梨花素素，在一花一草一书一香里，隔着山与水，旖旎而来的光阴。所以，我想为你取名叫春天，在生命里永存。

春风十里，可以做什么？可以打开一本书，打开一段往事，打开彼此柔软的光阴。可以侍弄花开，遇见一场场美丽的花事，让一份娴静，一份纯真，一份刻骨铭心的温柔在光阴中定格成永恒的画面。

我知道春光是画，芳菲是画，你的城中，那杨柳依依也是画，你眉眼间的喜悦和温柔，自然也是画。

春天，好似有风，从南国吹来，将你的眉眼吹成了一幅美丽的画卷。你见一个人，忽然感觉风吹软眉眼，那该是多么美的遇见。她好似杏花春雨，软软地吹来，你知道，她愿意从此拿出所有的深情只与你温柔相待。

四月，春意盎然。春风十里，花事在眼眸旖旎。走在写满春光的诗经里，一不小心，我就打翻了整个春天。

那些妖娆的眉眼，如一幅静美的画卷，用力地在春阳下璀璨，明媚着无边的春色，撩拨着你的心弦。

一场清瘦的春雨，拂过我的眉间，叩击着你的心弦。夜里花落成溪，朵朵清雅的芳菲，在绿意深处只与你深情遇见。

我知道我一直倾心着一场场花事，亦如我倾心着无边的春色，倾心着文字里的温度，倾心着你的温柔和懂得！

周末的时光，倾心打造一个属于自己的世界，暂时远离尘世的纷纷扰扰，在绿意葱茏，花香四溢的世界里，读读书，喝喝茶，发发呆……听时光的脚步轻轻划过生命的脉搏。身旁，有春阳暖暖，有花事缠绵，有你温柔的呢喃，有绚丽春色相伴。

四月，我知道，我倾心的是花事和春色。我不发一言走在春风里，风吹二三枝，其中一枝是我，另一枝一定是你。

桐花开尽春渐远

清明过后，那妩媚了一季的花树，便开始在暖阳下渐渐吐露浓绿。此时的北方小城，最能牵引行人眼眸的便是那高高地在蔚蓝的天空中，绽放美丽的梧桐树。

梧桐开花了！在高大的梧桐树上，梧桐花一串串如叮叮作响的紫铃铛，散发着醉人的香气。这开在暮春的花儿，那么柔和，那么甜美，摇曳着这紫色的风铃，让春天的记忆更加浪漫多情。

又是一年谷雨时。岁月在增长，年华在老去，有些曾经相依相惜的情感，也在时光的沙漏里渐渐疏离。只有节气，一如既往地在既定的日子，如约而至。谷雨，散发着湿润稻香的名字。坐落于春末夏初，散落于唐诗宋词。

谷雨时节，细雨微风，满城桐花开，万物生绿。煮一壶淡茶，任茶香唇齿间经过，在一抹茶香里念你。盛一盏谷雨，在生命里，撒下一粒种子，安然地等待花开。

桃红梨白已散尽，枝头梧桐始盛开。每年的四月，当那些在枝头芬芳了春光的一场场花事，在春色渐远的时光里沉默时，那些紫色的风铃便悬挂在高高的枝头，独自在暖风里吹响暮春的号角。

每年的四月，在小城的街道随意地行走，目之所及，到处都能看到梧桐花那紫色的身影。紫色的梧桐花，如串串紫风铃，在春风的吹拂下，摇曳着春的背影。

办公室的窗外，有一排正值花期的梧桐。坐在办公桌前，不用离身，那大片大片的紫色云霞，便会在我的一抬头中，扑进我的心怀。若是赶到有风的日子，那浓郁的梧桐花香，便会从门窗的缝隙，悄悄地溜进室内，用丝丝香气，温暖你的鼻翼。

我在一盏茶香、一本闲书陪伴的时光中，爱极了这种足不出户便可与梧桐花旖旎的惬意。

人生最美好的两件事：邂逅诗意，相遇爱情。梧桐花开，月色朦胧。“今夜故人来不来，教人立尽梧桐影”，梧桐花，如一位守约的故人，在四月的天空下，年年依旧笑春风。

闲暇时，喜欢捧一杯淡茶，伫立窗前，凝望那一树树紫色的云霞，思绪游离间，那坐落在唐诗宋词里的梧桐诗句，便如春日的潮水涌上眉间、心头。

宋代晏殊的“金风细细，叶叶梧桐坠。醉酒初尝人易醉。一枕小窗浓睡”，杨巨源的“清明千万家，处处是年华。榆柳芳辰火，梧桐今日花”，孟郊的“梧桐相待老，珠帘不卷夜来霜”，易安的“梧桐更兼细雨，到黄昏，点点滴滴。这次第，怎一个愁字了得”……写尽了诗人与梧桐树浓浓的情意。恍惚间，自己也与眼前的紫色云霞，糅合在了一起。

一树树的梧桐花如同春日里的一阕阕小令，用一缕春风在红尘悠然前行。每年的四月，是北方小城赏梧桐花的最好时节，那一树树、一枝枝的梧桐花在枝头浅露笑靥，妩媚了行人的视野。梧桐花花期驻留在春天的末端，因为蓄存了一冬的美丽，只能在暮春时节才能展现，所以，她要努力开放，拼命娇艳。

这美丽的瞬间，亦如人的一生中的遇见，虽然短暂，但那种美丽却惊艳了岁月，温婉了流年，会在眸里心痕，旖旎，缱绻。花开荼蘼，待到梧桐花开尽她的美丽时，美丽的春光已渐行渐远，那份桐花漫路，烟霞漫天的美丽依然会在心头浮现。

花瓣飘落的小路，亦如铺满音符的清词。在春风中，婉转悠扬。“堂下梧桐树，清阴欲满帘”，梧桐花倾其一生，拼命地美丽过后，繁华褪尽，梧桐枝头，依然会有别样的风韵和美丽笑迎春风。

春天是妩媚的，因为有无数摇曳多姿的花儿开在春天里；春天是清新的，因为有了多情缠绵的细雨飘洒在春天里；春天是温暖的，因为有春阳暖暖，春风习习；春天是浪漫的，因为有满腹柔情在眼前，有满腔爱意在心底。

小城的四周，梧桐花正艳丽，让我们沉醉一树梧桐花紫的灿烂，把一些碎碎念念和着瓣瓣桐花凌乱，在一首首桃花小笺里缱绻、缠绵；让我们在春天，静守一份美丽，静守一份欢欣与淡然；让我们在春天，读它的希望与萌绿，写它的静美与浪漫，画它的姹紫与嫣红。

桐花开尽春渐远。四月，春意融融，春风桃李花开尽，桐花依旧笑春风。我愿经年里，用一抹浪漫，在春日里写一份精美，与春天相随，在美中远行，且行且珍惜！

槐花依旧惜春风

母亲节到来之际，谨以此文作为五月的献礼，缅怀我已故的母亲，愿您在天堂一切安好！

——题记

四月的脚步还未远离，枝头的梧桐花依然在天空随风摇曳，那紫色的云霞，在春的末端已开到荼蘼，那淡淡的香气还在周身缠绕、旖旎。一场细雨湿润了春末的树木，洋槐树已经挂上了如米粒般的淡绿色花蕾，一串串躲在春色里的槐花便在暖暖的春阳下，散发出诱人的、甜甜的香气。

每年的这个季节，空气中都会弥漫着一种甜甜的香味，举目四望，你会发现那一簇簇或白，或紫，或黄的槐花已在枝头悄然绽放。循着浓浓的香味，那开放在枝头的槐花，如串串白玉和着满目春色，植入你的眼眸、心底。

对于槐花，我是极熟悉的。儿时，每当春暖花开，我便和小伙伴们一起在庭院，在村头的槐树下，仰望着那散发着香气的空中的白色云霞——槐花。馋猫一样的我们，会想尽各种办法，或者爬树，或者用钩子钩低处的枝丫，采摘下那可以丰富我们餐桌的朵朵槐花，兴冲冲地拿回家。然后，乖乖地附在母亲的身边，看母亲神奇地为我们展现许多道色、香、味俱佳的槐花做法。

又是一年五月了，小城里的紫槐花已悄然盛开，一团团热烈的、妖娆的紫红簇拥枝头，那浓郁的香气氤氲着，弥漫了大街小巷。置身其中，恍如喝了美酒，不觉深深陶醉。

白色的槐花串串似玉，瓣瓣似雪，洁白着一季中的四月；紫色的槐花，如烟似霞，妖娆了岁月的天空；黄色的槐花，悄然开在一隅，泛着缕缕金光的花树，入目，一片温馨。各种颜色的槐花把小城的街道装饰得婀娜多姿，芳香四溢。漫步街头，赏着花开，闻着花香，令人微醺欲醉。

一树花香，一城相思。那满目的槐花摇曳，把我的心拽得生疼。每年春天，看到枝头槐花开，闻到空中浓郁香，我便会想起那病逝已久的母亲，想起母亲用充满浓浓爱意的双手做出的槐花食品。

小时候，每到这个季节，母亲会挑拣好多槐花，在水里洗干净，拌上一些面粉，放在锅里蒸，十几分钟后就熟了。母亲还未揭锅盖，我们就迫不及待地站在灶台边等着，闻着浓浓的槐花香味，不要说吃，光是闻，口水已经流出来了……那时候，家里生活拮据，没有别的东西可以分给孩子们做零食，于是吃槐花食品便成了饭菜外的温馨。

“迟迟禁漏尽，悄悄暝鸦喧。夜雨槐花落，微凉卧北轩。曙灯残未灭，风帘闲自翻。每一得静境，思与故人言。”槐花飘香时，我只想避开俗世的喧嚣，嗅一树花香，在一纸素笺上描摹对母亲刻骨的思念。

执一枝如雪的槐花在手，睹物思人，我又想起了我故去已久的母亲。想起每年的这个时节，槐花的香气都会溢满我家的小院，母亲便会摘下一些白槐花，悉心挑拣后，为我们做上一顿丰盛的槐花大餐：或蒸成槐花菜，或烙成槐花饼，或做成槐花馒头……入口丝丝香甜，令人心暖。

如今，槐花依旧枝头笑春风，而我却永远失去了母亲的疼爱和关怀。站在香气馥郁的槐树下，对母亲的思念，犹如决堤的洪水在我心底肆意地泛滥。“树欲静而风不止，子欲养而亲不待”，是何等的酸楚和无奈！

碧空如洗的五月，槐花依旧温婉着荏苒的时光。对母亲的怀念和不舍一次又一次地让我在思念的海洋里沉沦。那些令人心痛的牵念，那些无法实现的夙愿，爬满了一个人的庭院，如雾似烟，把我整个人一次又一次地笼罩、湮没。

一棵棵槐树，年年的清香陪着我长大，陪着母亲衰老，如今清香依旧，母亲却容颜不再。儿子的一声呼唤把我从长长的思念中拉回，无奈低眉轻叹：槐花香气依然，爱心难以圆满。

谷雨过后，那些嫣然到荼蘼的花树，大都已经凋零，满地落红，只有我对母亲思念的花束和枝头的槐花依旧惜春风，在似水流年里灿烂如昔。

绿阴幽草胜花时

石梁茅屋有弯碕，流水溅溅度两陂。晴日暖风生麦气，绿阴幽草胜花时。

——题记

立夏是农历二十四节气中的第七个季节帖，是夏季的第一个节气，它的到来告诉我们孟夏时节已正式开始。

城春草木深，孟夏草木长。孟夏，所有的草和树都绿成了我喜爱的样子，绿得明亮，绿得丰满，使人动情。

立夏是季节舞台上一道美丽的分水岭。她用一支神奇的魔笔，在季节的素色锦缎上把春的新绿点点演绎成了夏的绿意葱茏。

当那个散发着稻香的湿润名字，坐落于春末夏初的水乡女子——谷雨刚刚在季节的年轮上站稳脚跟，孟夏就急不可待地隆重登场了。

时光荏苒，季节交替，昨日还乍暖还寒，不想一夜熏风催走了春天的身影，迎来了夏的脚步。

孟夏将积攒了一个季节的祝福，展现在人们的视野。棵棵麦苗，在暖暖的夏日风光中肆意地生长。那些在春风中招摇了一个季节的花树，也挣脱冬日的干枯，用枝枝蔓蔓的葱绿温柔着你的眉眼。

每个人的一生，都会和节气相守到老，耕耘日子，收获光阴。长在阳光中的孟夏，在田野里耕耘希望，在枝头收获硕果。穿在身上的孟夏，裙裾飞扬，色彩缤纷，清新动人。

孟夏，绿阴幽草胜花时。山河日月好的光阴全在绿意。苦笋、韭菜，是平素绿意生活间的质朴。绿树、幽草是朴素、简单中的浓绿。生命的律动或许也是这般，日日简，时时绿，方有生机，方得欢愉。

满架的蔷薇在绿意中明媚，开满了岁月的青墙黛瓦，那些灿烂的笑脸，妩媚着五月的晴空。孟夏，从古老的智慧里长出，从唐诗宋词里走来，从唇齿间经过，永远地在骄阳之下美丽如初。

田野里，翠绿的麦穗已开始微微泛黄，经新雨过后，园林里诱人的黄梅透出阵阵芳香，几只黄莺在枝头啼鸣，浅唱着心中的夙愿，彩蝶在夏花间驻留回旋，寻觅着花香的温暖。

孟夏，小城的街头，裙装成了女孩子们彰显美丽的主旋律，长的、短的、连衣的、半身的、修身的、休闲的，不同款式的衣裙如同后宫的三千佳丽，在夏日这个君王的眼前尽显美丽。

田里的庄稼、蔬菜，也依着时令的针脚，在时光中走向丰盈和成熟，各种各样的绿意，装点着整个江山。那些在春风中妩媚了一个季节的春红也悄悄地退出了季节的舞台，在时光中优雅谢幕，给满树的绿意留着充足的空间。

这世间的事物，总是遵循着自然的规律，沿着节气的脉络，顺理成章地走下去。夏日的晴空下，一切都绿意盎然，一副努力向上的姿态，迎接着夏日的检阅。

花开荼靡春事了，风回小院庭芜绿，柳眼春相续。孟夏时节，各种妩媚了一季的花树已经在岁月的青墙上凋零，只剩下满目的绿色葱茏。

一年中最愉快的时节，是从孟夏开始的。孟夏，春色不需要寻找，有广大的绿野青山，慰人心目。古人词云：“杜宇一声春去，树头无数青出。”原来山要到春去的时候方才全是青翠，而惹人注目。

五月的晴空，春未央，意阑珊。绿肥红瘦的季节，飘落了妖娆了岁月的几许春红。一季花开，一季花凉。怀揣一颗诗意的心，在花开花落间，从容笃定。

立夏过后，满目的绿意葱茏，微微的熏风告诉我，春天已渐远，夏天已来临。孟夏时节，几场细雨挥洒，草木枝叶里的水分达到了饱和状态，显示出夸张的旺盛。

紫色的鸢尾开得正好，一丛丛浓绿，一枝枝紫色年华，紫绿相间的鸢尾花丛美得让我的心柔柔的，这种柔情无关风月，无关思人，只关绿意盎然。

满架的蔷薇也正热闹。蔷薇密密匝匝细碎的绿叶，数不清的盛开，半开的各色蔷薇，爬在架上，特别有情味。

五月，蔷薇花在时光里不管不顾地开放着，开得那么热烈，那么妖娆。满目的蔷薇在枝丫间，在绿色中吐露着自己的容颜。伫立在花墙前，我感觉到了蔷薇花的自由。看着她毫无顾忌地在五月的天空怒放，忽而觉得，我们的一生也如一朵花儿一样，既可以在岁月的天空有所承担，又可以自由地努力绽放。

孟夏安好，可以赏瓜果飘香，可以让裙裾飘扬，可以遇见一树一树、一丛一丛的绿意盎然，可以放飞梦想之外的梦想，可以在烟火日常里，看晴日暖风生麦气，看绿阴幽草胜花时……

周末闲暇，去花店买回心仪的粉色百合，把绿意盈盈的铜钱草们安置在清雅的花盆内；在喜爱的音乐声里，一个人在厨房内忙忙碌碌地做着各色各样的小吃……人生无趣，总要滋养一些小情小趣为平淡的烟火染上一些亮丽的底色。心存欢喜，就会把苍白的岁月经营得活色生香。

孟夏，所有的植物都长成了我爱的模样，绿意葱茏中漫步，可以在一枝一树中，感知植物的温度，爱人的温度，人世的温度……

聊赠一枝春

“江南无所有，聊赠一枝春。”北魏诗人陆凯的《赠范晔诗》这首五言绝句，我最喜欢里面的“聊赠一枝春”。这一句诗读起来就透着浓浓的春意，仿佛细雨霏霏在眉梢，杨柳依依在岸边，低眉间，枝头的新绿已经在眼前绽放。

“聊赠一枝春”，这句诗好在有春意、蓬勃、飘逸，不经意间，江南的所有春色，都在这句诗里滚滚而来，翻腾成一幅烟雨水墨画，那些粉墙黛瓦，在丝丝如玉的柳枝中摇曳成画。

春天里最有诗意的风景，该是那小河岸边的杨柳依依，那道路边的芳菲嫣然。那丝丝如碧的柳枝，用她那醉人的鹅黄眉眼，告诉你，春天来了，风景如画，柳丝如玉，万物都在生长，万物都在欢喜。

春天在一阵阵暖暖的春风中，在一枝枝如玉的柳丝中，在一场场醉人的花事中，如约而至，一路欢歌。

杏花春雨的农历二月，一场场明媚的花事在眼眸张扬成一幅幅活的画。鹅黄的柳丝，明黄的迎春，素雅的白梅，娇艳的红梅，端坐在枝头的白玉兰，争着彰显自己的柔美，开到荼靡。

一树树飘逸的柳丝，一朵朵姹紫嫣红的芳菲，用她们的热情撩拨着我的情愫，让我游春的心思蓬勃而出。这一刻，我只想褪尽所有的尘世烦琐，在一份淡然中，春风得意马蹄疾，一日看尽长安花。

春色总是醉人的，河岸边的柳枝绿了，一树树如丝如玉，在三月的天空摇曳着独有的风姿。公园里的梅花开了，一枝枝绯红，一树树雪白，一朵朵嫣红，用她的柔美，招惹着我，让我忍不住去靠近，去张望，在春之碧野，去奔赴一场前世的约定。

惊蛰过后，春天的信使便用一股子热情，为你、为我聊赠一枝春色。一下子，春天的神秘力量扑面而来，绿色的小草手挽着手，把大地铺盖成一张软软的地毯，让人们忍不住会在上面偎依一会儿，或者轻轻松松地打几个滚儿。

那一树树蛰伏了一季的春红，在春风的招摇下，也开始呼啦啦地开成一片，如浪、如潮，用春风十里惹人醉的明媚，撩拨着人们对春天的热爱。

行走在小城的公园，梅苑内那些开着的梅花，用她的那些花色，用那些白、黄、粉、红组成的一幅幅惊艳春天的山水画，掠夺了我的眼，我的心。

我知道，我的眼，我的心，被这一场场花事迷惑了，被掠夺了，被一层层端庄的白玉兰，粉和红，还有素白的梅花包裹得满满的。那一刻，我觉得自己也是梅苑内的一朵，那种场景，给我一种如梦如幻的错觉。

公园的空气都被梅香熏染了，清香得让人沉醉，一股拥挤着一股，争着往你的鼻孔里面钻，想挡都挡不住。

河岸边漫步，一片明亮的春光透过眼帘照进心里，雀跃成可爱的模样，像熟悉的故人从前世走来，心里充满小小的欢喜。

放眼望出去，马颊河边的柳树已青翠依依，涨满春池的河水在晴光下映出圈圈涟漪，莞尔一笑间，春色已倾城。

同样的三月，桃花依旧在春风中笑成最初的妖娆。在一朵花的绽放中把自己修行成明媚的现在，安静地与一场场醉人的花事重逢。

为赴一场约定，在眼眸定格成山水画的花朵扑面而来。待山花烂漫时，花依旧，人依旧。小城无所有，聊赠一枝春。春天，我的城是三月，也是新生。

春分如一支生花妙笔，把春天谱写进最精彩的章节。春风一路吆喝着，惊醒了沉睡的万物，把春天分成一半明媚，一半新绿。各种鲜艳的花木在枝头，争着彰显着自己的明媚；所有的植物就像被绿色的染料漂染过似的，或浓或淡地萌绿着身上的每一个骨节，卖力地为春天增添一抹亮色。

春分过后，雨燕低飞间，细雨绵绵，满城尽带春色，正是撩人时。小城无所有，聊赠一枝春，一路的花开荼靡，一路的绿植遍野，一路的春光无限。在这无边的春色中沉醉，足以温暖人生的一段路程。

醉一城春色

一直觉得，小城的春天是最美的，如一位身披嫁衣的美娇娘，那么妩媚，那么妖娆。春分就是一道分水岭，用十里春风，把小城分成两半，一半在嫩芽中萌动，一半在花开中明媚。

春分过后，那些春花，如一匹匹脱缰的骏马，浩浩荡荡扑面而来，把沉寂了一冬的小城渲染成一个漾着香气的花海，醉了世人的眼眸，醉了一世春秋。

袁枚的“满树和娇烂漫红，万枝丹彩灼春融”，诠释了春风十里中，小城内的万枝丹彩描摹的醉人春色，却道不尽红尘俗世，春日花开如锦的逝水流年，道不尽春色蓬勃而出的生机盎然。

每天上下班途中，河岸边行走，一颗心便被那遒劲俊逸的桃枝，那鲜艳夺目的桃红，深深地牵扯进桃之夭夭，灼灼其华的阵营。

从古至今，桃花都是春天最妩媚的女子。一到春分，那些粉灼，那些绯红，那些嫣红都被春天收罗来，然后涂抹在自己俊俏的粉脸上，张扬着一张张动人心魄的俏脸，在十里春风中摇曳生姿，容不得你不动心，容不得你不动情。

桃花的美，有一种噬骨的气场，灼灼其华的俊美，像一个张扬个性的女子，任你目光怎么逃，也无法躲开她的热烈和奔放。

春分过后，春天就这么热热闹闹地来了。一路的风情，一路的摇曳多姿，所有的花儿们都来凑热闹，你不让我，我不让你地拥挤在枝头，用噬骨的馨香来参加春的盛会。她们穿着艳丽的服饰，在春风中努力地展示自己的妩媚，彰显自己的妖娆。

灼灼的桃花是最美的新娘，在春风中美得那么嚣张，娇艳得那么夺目，招摇得那么理直气壮，吸引着你的眼眸，忍不住直在她的粉脸上凝望。

白玉兰可没有桃花的招摇，她如一位端庄大气的女子，静静地躲在一隅独自开放，用一双淡然的眼睛看着这生机盎然的世界，不争春，不炫耀。我喜欢玉兰花的素，喜欢她的白，那么优雅、素净，如一位从远古走来的女子。只一眼，那种柔美，便在你的眉间心痕，落地生根。

我对白玉兰是极爱的，我对她的喜爱源于她的素，她的净，她的白，她的雅……多好啊！那样的颜色不染一丝尘埃，就如一份纯真的爱情，洁白无瑕，温润如玉。

无边春色撩人时，一树海棠入眸来。海棠花的美含着柔柔的怯意，不经意间便映入你的眼帘。她的美不嚣张，有内涵，不像妖娆的桃花，在十里春风中，用力招摇着自己的身姿，张扬着自己的娇媚。

海棠的美有些内敛，有些羞涩，如一位深情的女子，把满腔的柔情只赋予东风，却不与人说。“褪尽东风满面妆，可怜蝶粉与蜂狂。自今意思谁能说，一片春心付海棠”，唐伯虎的这些诗句就是对春日海棠曼妙春之碧野时的最好诠释。

站在花树下凝望，海棠花的粉白，新芽的茸绿，美得如一幅幅俊秀娇美的画卷，惊艳了我的眼眸，撩拨着我的心魄。原来，这内秀的海棠就是我心仪已久的女子，是我的心之向往。

“千步连翘不染尘，降香懒画蛾眉春。虔心只把灵仙祝，医回游荡远志人。”从《关雎》中走来的连翘，总能用她枝枝明黄惊艳我的眼眸，她的明黄不同于迎春花的娇美，迎春花是春的使者，拉开了春的序幕，呼唤着千朵万朵压枝低的春红。

连翘用一抹亮色，把自己渲染成春天的芭蕾。连翘花的寓意深刻，被称为“圣约翰之草”，所纪念的圣人就是替耶稣施洗的圣约翰。作为不凋的鲜花，连翘给世人带来的不仅是芬芳，还有解除病痛的药效。连翘的花期漫长，从三月的初绽，一直开到四月的荼蘼。

三月的末梢，一城的春花已经热烈；四月的扉页，满目的芳菲开到荼蘼。十里春风熏人醉，春色渐深，春花挨挨挤挤地在枝头喧哗，一个比一个热闹，一个比一个任性。

这厢桃花灼灼的嫣红刚刚蔓延了一树新秀，那边灌木丛的新绿，便想倾了整个城池。一推窗，便是春花十里扑面而来的微醺；一开门，已是草色青青阶上绿的惊艳；一抬足，又怕一双脚会灼伤了新绿的苍苔。

一城的春风，一城的春红，一城的春水，已经是岁月中最美的风景，而春依旧心有不甘只是春水初生，春林初盛的碧野。于是，春信便如一封急急的电报，邀约着如云、如浪的樱花，用一帧素白，一匹彩缎，在小城的天空挥洒着明媚如锦的彩霞。

春风浩荡十里，吹皱一池春水，砚磨一池的斑斓，涂抹着整个城池，醉了世人的眉眼，醉了整个世界。

第五辑　小欢喜

绣光阴

“日暮堂前花蕊娇，争拈小笔上床描。绣成安向春园里，引得黄莺下柳条。”喜欢静坐在窗前刺绣的女子，那是一份自然的喜欢。喜欢看她们用五颜六色的彩色丝线，把点点祝福和期盼都化作美丽的针脚，绣进渐渐老去的光阴里，幻化作永恒的花红柳绿。

在所有的中国元素里，那绣满浓浓的江南情结的刺绣，最受我的青睐。喜欢刺绣，不仅仅因为它的优雅、温婉，更喜欢的是刺绣的人儿的温柔和恬淡。

相信每一个女子在刺绣的那一刻都是极其温柔的。坐在窗前、廊下，迎面春风送暖，眼前百花争艳，手捧锦缎、针线，低眉间，尽显女子温柔。在飞针走线的同时，心底里装满女儿家满满的心事。把思念和爱恋化作密密的针脚，缝制在光阴里。光阴老了，情意没变，风吹起的那一刻，枕着风月入眠，待醒来时，一切会在旧时光里安然。

记忆中，母亲是个极心灵手巧的人。小时候，家里不富裕，没学过裁剪的母亲，总是从集市上买回布料，自己动手为我们兄弟姐妹量体、裁衣、缝纫、绣花，再加上一些小装饰。

那时，我最喜欢坐在母亲身边，看她为我们的衣服画图绣花。一针一线，飞上飞下，那美丽的针脚，在悄悄流逝的光阴里，变成母亲浓浓的爱意，穿在我们身上，温暖着我们的心。

母亲裁剪的衣服，刺绣的图案，常常令小伙伴们围在我的身边赞叹不已。

我是家里最小的女儿，一直被父母和哥哥姐姐们宠爱着。很是惭愧，姐姐们都继承了母亲的心灵手巧，既会料理家务，又会母亲拿手的刺绣，只有我很笨拙，没有继承母亲的半点衣钵。姐姐们的光阴，在一针一线的刺绣中温暖而又安恬。每每接过姐姐们为我刺绣的鞋垫，我的心底里都特别温暖，心存感激。

一直觉得自己是个比较笨拙的女子，不会做女红，只会做简单的饭菜。看到办公室同事在绣一幅十字绣，一针一线，很是用心。精致的图画，暖暖的入心，我只能坐在一旁艳羡。时光荏苒，做不到心灵手巧，就做一个用心绣光阴的女子吧！用心静养日月，一针一线也可精致，一字一墨也可馨香。在光阴中开成一朵清冷的小花，静寂中，默默等待一笑春风归！

一日，和同事闲聊，她们说我对名利淡然，没有太要强的感觉。在老去的时光中，慢慢地，自己被岁月磨平了棱角，那个事事都想做到最好的自己，在光阴里已渐行渐远，不想处处崭露头角，只想在自己尽力后的坦然里低调。远离争夺名利的喧嚣，在光阴里，养一份清欢，在淡泊名利中，守一份坦然。只愿在一字一墨绣光阴的惬意中拈花一笑。

静夜，喜欢在清浅的灯影下忆一段往事和几个故人。一段光阴，一程相遇，总会有一些人在时光里渐行渐远，也总会有一些人在生命里不期而遇。那些近了、远了的光阴，那些浓了、淡了的情分，总会在寂静的夜里，缠绕在我记忆的梗上，开成朵朵娉婷。时光老了，初心未变，还好你我一直都在。

一直是个喜欢简单的人。简单真好，一书入目，一茶入口，一曲入耳，一人入心。邀清风为伴，邀明月入梦。在一个人的时光里，与古人对酌，与文字对饮。窗外，可听雪入梦，室内赏花香如春。在一个人的世界里，亦可于文字里旖旎生香。

时光老了，我不必担心自己的花蕊也会老去。在一盏茶香袅袅的岁月里，我把心事诉于笔端，在静寂的时刻，心无杂念，把心底里生出的文字，绣在光阴的年轮里，当时光老去，文字里的光阴依然会暗香旖旎。

生命中总有一些记忆，不忍丢弃，那就拿起手中的笔，做个用字墨绣人生的绣娘，把那些深情、那些温暖，化作暖暖的文字，镶嵌在光阴的壁画里，用心，把一些不完美在文字里缝补成生命的奇迹。

寒冬时节，花事沉默。静寂的岁月里，可以安安静静地读几页闲书，安安静静地写几行小字，悠闲自在地听几首小曲，在一缕书香里遇见最美的自己，做个安安静静用心绣光阴的女子也很美丽！

光阴是一匹锦缎，而我只是个笨拙的绣娘，无法绣出凤凰飞天的灿烂，只想用一支笔在锦缎上描摹自己的春天。

吾家有女初长成

我慢慢地、慢慢地了解到，所谓父女母子一场，只不过意味着，你和他的缘分就是今生今世不断地在目送他的背影渐行渐远。你站在小路的这一端，看着他逐渐消失在小路转弯的地方，而且，他用背影默默告诉你：不必追。

——龙应台

大宝要毕业了，她告诉我她想去外省读大学。此刻，我站在阳台上，看着初夏的阳光洒在多如牛毛的楼宇上，斑斑驳驳的碎影状如花开。

刚下过雨的地面，依然布满水渍，被阳光蒸融的水雾在眼前缓缓缭绕、消失，我开始追忆那过去的故事。

亲爱的大宝，在春天一个有雨的夜晚，你呱呱坠地。刚出生的你不像其他孩子一样哇哇大哭，而是大声地打了一个喷嚏，把手放到嘴里吮吸起来。

看着粉团似的你，刹那间幸福笼罩了妈妈的全身，我忘记了怀你时所有的不适，忘记了生产时经历的所有痛苦。从牙牙学语到蹒跚学步，从小学到中学这一路走来，你带给了初为人母的我许多惊喜。

宝贝，你就要毕业了。好几个镜头在我眼前转换重叠。幼儿园毕业时，你和小朋友、老师站在一起依然笑靥如花，你不知道，毕业就是离开，就是与一些人别离，或者永不再见。走出大门的那一刻，你依然微笑着对同学和老师说，明天再见。

然后，就是扎着小辫子，背着小书包的你，高高兴兴地走在一群花花绿绿、叽叽喳喳的小学生里。你对我回头微笑，我看着你的背影独自前行，你背着书包小小的背影在我眼前慢慢消失……

在你背着书包第一次一个人走进校门那一刻，我就已经知道，我和你的缘分，就是一次次地看着你离开，然后对着你的背影默默地挥手。这样的镜头会不断重复。

你上初中时，开始慢慢学会独立：一个人去食堂打饭，一个人清洗衣物，一个人离开父母去学校寄宿……你上高中时，面对陌生的环境已经不再羞怯，你很淡定、从容，认识了许多新的同学，结识了教给你知识和人生指导的良师。

接下来，就是你一个人去外地读大学……

宝贝，毕业就是离开，就是要离开你的父母，离开你生活多年的小城，离开你温暖舒适的家。以后的路要你一个人去走，要你一个人去努力，去面对……

宝贝，只有离开，才可以充实你自己，提高你自己。而我们，就是那不断对着你的背影既欣喜又悲伤，想追回又不敢声张的人。

宝贝，看着高过我半个头顶的你，我总是忍不住想起你小时候的点点滴滴。从小你就是个懂事、有礼貌的孩子，见了人你总会礼貌地打招呼，大人们都是那么喜欢你。从小学一年级开始，你的写作能力就表现得很棒，你的起步日记、你的作文一直是老师在班内范读的对象。妈妈生病时，小小的你总是尽心尽力照顾、帮忙……

时光飞逝，刚上中学的你就已长成亭亭玉立的大姑娘，比妈妈还要高出半个头顶。宝贝，语言表达能力强一直是你的优点，记得刚上初一那年，你被学校选为文艺节的主持人，在几千人参加的文艺会演中，你站在舞台上淡定、从容、自如的表现，赢得了在场所有人的赞誉和掌声……

我的宝贝，现在你就要毕业了，马上就要面对你人生的第一次抉择。让妈妈欣慰的是你整个人的状态，虽然面临毕业，你依然阳光、可爱，浑身散发着逼人的青春气息。更让妈妈感到高兴的是，对我，你一直没有同龄人的叛逆，你总是把我当作你最信任的人，附耳告诉我你女孩儿家内心的小秘密……

此时，正值逼近高考的五月。宝贝，从你的言行，我可以感受到你的内心世界和我的一样波涛深邃，但让我高兴的是，你的内心世界，我一直都在。无论什么时候，我都会和你一起面对……

李开复说："成功就是做最好的自己。"平凡人的成功，就是坚持去做自己喜欢的事，并尽心尽力做到极致。一直很喜欢厚积薄发的毛竹。毛竹的快速生长，完全依赖着它的根系，它前五年看似毫无变化，实际全部用来深深地扎根，最终创造了自己的奇迹。如果我们坚持去做自己喜欢的事，假以时日，也可以创造属于自己的奇迹。

宝贝，这字字句句其实不是讲述，是把情和爱堆积成文字的形状，它是一层层叠起来，一针针缝进去的一件爱的袈裟。

宝贝，吾家有女初长成，妈妈心底蕴藏着几多欢喜，几多不舍，几多甜蜜……五月的光阴温暖、舒适，我在脉脉含情的岁月里敲打着写给你的文字……

然而，妈妈想念成长中的孩子总是单向的，充满青春活力的孩子正奔向她心中的愿景，眼睛热切地望着远方。妈妈只能在身后张望着你越来越小的背影，你用背影默默地告诉我，不必追……

小欢喜

喜欢小巧的东西：小欢喜、小清欢、小饰品、小令、小酌、小聚……小得不浓烈，不灼热，淡淡的，柔柔的，舒心，沁脾。

漫步在寂静的山林里，遇见一小桥，有流水，有竹林，有清风，倘若是在夜里，再有一帘月色，会更美，于是心生一份小欢喜。

春天里，去赏花，十里桃林，粉粉的花苞，嫩黄浅绿的新芽，小小的，是一种入心的美。樱桃熟了的季节，去采摘，一粒粒，一颗颗，状若红宝石，在绿叶间，影影绰绰，小小的艳丽，妩媚着采摘者的眼眸。这种小欢喜，柔嫩，明眸。

去海边游玩，看到那小小的粉色珍珠穿成的手链，心中一阵小欢喜。兴冲冲地讨价还价，买来急急地戴在手腕，虽不名贵，依然在腕上熠熠生辉。

在案头插下的那束春日桃花，褪尽了昔日芳华，只剩下小小的枯萎，依然不舍得丢弃。小小的美，是简单的美，素静、唯美。

在文字里遇见一两个知己，虽然不曾谋面，可是那份文字里的懂得，灵魂里的遇见，如同心田里开满曼妙的花朵。一个个充满灵性的字符，如一只只美丽的蝴蝶，送来了一份份触动心灵的小欢喜。

秋风乍起，初秋的美景在眼眸间旖旎。

古有俞伯牙、钟子期高山流水觅知音，人生路途漫漫，不求日月万丈相伴，只愿有一知己心魂温暖，静守两个人的小欢喜。文字中的遇见，隔山隔水，在字墨里传递着脉脉情深，繁华的渡口，一两个知己足够。

今世，在一纸字墨里，遇见一个触动灵魂的知己，也是一生的幸运。有些人，不必在身边相守，能心灵相牵，灵魂相依已是很美的相遇。秋色渐浓，真情依旧，轻蘸一笔红叶染成的字墨，写一弦清音，在生命里篆刻。岁月，依然在季节里芬芳，只愿，书写一笺小字，穿越山水，与你在红尘相逢，轻舞曼歌。

用枫叶的红晕，蘸染成墨，书写一笔蕴含深情的小令，字墨间，情真、情浓。阡陌红尘，总有一份遇见，应了前世的缘。那一天，因为一行行小字，在不刻意间落入你的城池，从此十里桃花，在彼此的心底周旋，灿烂。即使岁月辗转，那份深爱的时光，永远如初见。小字篆刻着缕缕深情，不为风雅，不为成颂，只为记录你我共话桑麻的浓浓真情。

一程相逢，一世相牵。面朝大海，春暖花开。守一份爱的契约，只为将一份美丽，在时光深处定格成永恒。这一世，我涉水而来，不为牵手永远，只想守一份初见，落字为安。

把一些花香放进茶里，在一行行小字里慢煮时光。秋窗月朗，小院无人，正宜读书。红尘中与一个喜欢的人相遇已是很美，文字中遇到触动自己心灵的篇章，亦是灵魂的归宿和精神的皈依。

喜欢那一句话："要么读书，要么旅行，身体和灵魂必须有一个要在路上。"繁华红尘，避开喧嚣，在寂静一隅，品一盏茶香，于文字中徜徉，也是一场心灵的旅行。

坚持读书是最好的生活方式，用一行行小字记录自己的心灵轨迹，也是人生的另一种美丽。鸟儿在空中飞过，谁说没有痕迹？文字从心灵走过，也一定会留下触动灵魂的欢喜。文字是抚慰灵魂的知己，是与灵魂触碰的美丽相遇。最是书香能致远，用一颗素简心，远离繁杂的俗世，行走于文字间，享一份清欢，邂逅文字中的光阴和美丽。

无论是人，还是物，相处的时日久了，总会旧的。可贵的是，物旧了，依然不舍得丢弃，人旧了，情依然在时光里如发酵的千年女儿红，醇香四溢。爱依然如初见时的美丽，相依相随，而我与你的缘分，也大概如此。就像季节的轮回，虽已是秋天水长的时节，可那份菊黄依然在生命里含情带意，摇曳生姿。

如果时光可以不老，我只想于一份安静中妥帖地安放自己的灵魂，与你择一江南小镇，慢慢享受生命里的每一寸光阴。一起走喜欢的路，数走过的桥，看尽喜爱的风景，在两个人的庭院，淡看日出、日落，细听鸟语，轻嗅花香。

静夜如诗，我在一帘夜色里听秋虫浅唱，在淡淡的月色下，在秋色如水的光阴里，捡拾一枚红叶寄来的小笺，在那深深的脉络里刚好和秋韵重逢，和你遇见！我把一枝素荷种植在半亩心田，在那高腰的青花瓷瓶里种下一个刻在生命里的夏天，让那份小欢喜温暖着生命的每一个角落！

在秋月如华、秋梦如歌的季节，看菊之秋韵溢满彼此的发梢，让美丽的相遇散发的馨香，氤氲着生命的每一个枝梢，不浓烈，不疏离，一切都是刚刚好。在一份安静里，用一颗恬淡素心，在岁月不惊中，静守一份进退自如的从容。

年华向晚的岁月，越发喜欢清宁、恬淡的光阴，看时针打马急急地从生命里走过也不着急，依旧悠然地在岁月里行走。闲暇的时光，读几页闲书，写几行小字，品一杯淡茶，听几声蝉鸣，看一切生命里的遇见，来来去去，随心，随缘。在一盏茶香里，守着一份美丽的邂逅，与岁月，与你，与一份懂得，一起慢慢变老。

美，不在于华丽，在于它的细节。

一件喜欢的衣物，一条心仪的小饰品，一个心动的花瓶，一双优雅的高跟鞋，无须多昂贵，只要适合自己，就是最好的！正如一份感情，没有浓烈的表白，没有悱恻的缠绵，只是那淡淡相守一生的眷恋，如此，已是光阴中的温暖。正如命运的图画，已经篆刻，我们只能临摹！

他知道我是爱荷的。荷花盛开的季节，他忙中偷闲带我去看满池的素荷在清风中摇曳成画，看我在如碧的荷叶前笑靥如花。

九月，当荷花褪尽昨日的芳菲，莲蓬日渐成熟的时候，他托同事从朋友的荷塘采回十几枝莲蓬送我。看着我在室内忙忙碌碌地侍弄着绿绿的莲蓬，他故作不解地说："就几枝莲蓬，看把你乐得……"虽然他嘴上不屑，心里却依然在意，并想办法满足着我的小欢喜。这就是平凡的烟火爱情，淡淡的，暖暖的……用平实的关爱氤氲着生活中的点点滴滴！

满足，是快乐的密码。

一盏茶味，淡淡的茶香，在阳光漫洒的秋日，轻吟、慢品。人生如茶，可以深刻，不可尖刻。每一段生命，都是最好的时光。茶，要慢品，人，要留白。留一些转身的空间，淡看人生风云，在一份快乐里，满足拥有。

一时，一念；一念，一生。光阴有温暖，曲径才通幽。倘若，在时光的渡口与一个深爱、懂得、珍惜自己的人牵手，从黑发走到白头，如此的相伴，已是心醉。一生不必太过繁华，只在情暖你我的世界里，相依白首。看时光的针脚从光阴的锦缎上走过，在心里生出一份份小欢喜，在生命里篆刻下美丽的景色。

如此的生活，已很美好！

小满，刚刚好的幸福

“小满”就像一个“娉娉袅袅十三余，豆蔻梢头二月初”的妙龄女子，是夏季的第二个节气，似一枚籽粒已渐饱满，但尚未成熟的果子，悬挂在节气的枝头。

小满是指麦类等夏熟作物灌浆乳熟，籽粒开始饱满，但还没有完全成熟，故称为小满。小满，是小小的满足，是人生的留白，是刚刚好的状态。

《菜根谭》有云：“花看半开，酒饮微醉。此中大有佳趣。若至烂漫酕醄，便成恶境矣。履盈满者，宜思之。”水满则溢，月盈则亏。这是自然之道，亦是人生至哲。

人生是一个人的旅程，需要面对不同的故事和结局。用一颗素简心慢煮光阴，经营人生。做人做事，对待感情，皆应小满，无须太足。留一分距离，给对方喘气；留一分距离，给自己回旋。凡事预则立，小满皆大美。

2017 年的 5 月 21 日是小满，和“520”只隔了 24 小时的距离。最好的感情恰似小满。两个人相处，爱意不能过满，满则招损；爱意不能不满，空则冷漠；爱意，小满最佳。

喜欢是放肆，爱就要克制，小满就是一种克制。学会在爱中克制自己，站在对方的角度考虑问题。小满的爱意，不是惊天动地，不是你侬我侬地黏在一起，是对爱人的体谅和尊重。爱，无须太满，小满即可。让我们在小满的克制里，牵手享受一份浓浓的烟火爱意。

小满过后，蔷薇在初夏疯长，用力地招摇着枝和节，还有娇艳的芬芳。小城的每一个角落都能遇见一簇簇或一架架蔷薇泛滥着无边的娇媚，那么美，那么热烈。

花开荼靡春色远。让我们用小满的心态去看一场蔷薇在岁月的青墙上开得轰轰烈烈，让我们在平淡的光阴里感受一种与精神相通的欢喜。

一个人如果对一件事情太过在乎，就会被其负累。比如生活、工作、感情，还有孩子的教育。因上努力，果上随缘。一切事情只要尽心尽力去做即可，其他的交给时间。在一份满足中，轻轻松松地爱，简简单单地活。时刻心怀感恩，让一朵禅意的花儿在心底永葆笑靥，才是人生最大的快乐！

幸福没有模板，经营好自己喜欢的日子就是最好的生活；爱情没有标本，和自己喜欢的人牵手终老就是最好的幸福！一直不喜欢繁华和热烈，喜欢安享两个人的清宁。余生，我的感情世界会皈依安宁，让相爱的两颗心在纯净中永恒！

此刻，有风敲窗，一室的花木在室内安静地疯长。植物散发出的暗香，从遥远的《诗经》走来，带着她前世的约定，与我温良遇见，那么湿，那么缠，那么暖，那么润，那么美。只想在小满的静谧中，偷一味清欢，只与她贪恋、沉醉……

如果可以穿越，我就穿越到三国时代。那是个英雄辈出、美女如云的时代。我不做美女，只做一个普普通通的女人，有着和诸葛孔明一样的情怀，什么都不去争，却能得到最好的未来。在干净纯粹中，遇见一个在情感领域一清如水的男人。低眉含情间，只做他“但为君故，沉吟至今”的“故人”。

无论是生活还是感情，有了希望和追求，一切才会有努力的方向。用心去经营，一切美好的事物才会永恒。

喜欢半夏这种喜阴的药草，犹如喜欢半饱的人生和感情。炎热的仲夏，一些淡淡生长的生物开始出现，太过热烈阳性的生物已开始衰退。也许，淡淡的、暖暖的半饱状态，才是久远的、最美的人生。

年华向晚，一路走来，看惯了斗转星移的世事变迁，看淡了坚若磐石的誓言被风吹散，仍然保持着内心清澈，依然看待岁月如歌。一个人，在一钵花、一溪云、一禅茶的静谧中放逐自己的灵魂，这便是生命的一团喜气。

有人说，满足的状态是刚刚好，幸福的状态是比刚刚好再多一点。不满，则空留遗憾；过满，则招致损失；小满，才是最幸福的状态。

水满则溢，月盈则亏。这是自然之道，亦是人生至哲。做人做事如此，与人相处亦是如此。保持留白之美，以小满状态处事做人，才能快意一生。

小满，是夏天最幸福的时刻。此时的大千世界里，万物生气盎然，又从容不迫：麦粒饱满水稻插，蚕结新茧桑葚熟，菜籽春油苦菜秀。小满，期待一场如约而至的雨水，谷物生发，顺遂天时。

古人云：“君子宁居无不居有，宁处缺不处完。”人若自满，便难有进步；若不满，便欲望过大，不懂知足常乐。

人生最佳的状态是小满。小满，是刚刚好的幸福。让我们检视自身，做人、处事以达小满，在“晴日暖风生麦气，绿阴幽草胜花时”的意境中温暖一生。

你是我今生最好的情书

小宝，我是你人生的大树，永远陪你看日出！你是我今生写得最好的情书！

——题记

看着我近段写给大宝的文字，小宝问我："妈妈，我小时候是什么样子的？你为何只给姐姐写信，不给我写文字呢？"看着他一脸认真的样子，我哑然失笑。

你的到来

窗外飘落的雨丝，把我的思绪又拉回了2007年11月10日。经过数十次的阵痛后，我终于在午后1点15分顺利产下了你——赫赫，我的宝贝。虽然妈妈经受了比别人要多的痛苦，但我还是很欣慰，还是要感谢上苍送来了我一生中收到的最珍贵的礼物！刚出生不久的你，每一次吃奶时，你的小屁屁都会发出“突突——”的声音，每一次奶奶都会骄傲地说：“这是我们家宝贝在用力长高高呢！”我和爸爸戏称你是我们家的“小拖拉机手”。真的如奶奶说的那样，刚出生的你还不到六斤，刚过满月你就快十斤了。每天看着你胖嘟嘟的小脸，妈妈心里就乐开了花。宝贝，你是我今生最好的成绩！

留在春天的记忆

2008 年的春天，是个忙碌又充实的春天。每逢周末，我和爸爸都会带你到婴儿房去游泳。每当我和服务员帮你套好救生圈，把你放进水里时，你总是用可怜巴巴的目光望着我，小声啜泣。可是等到你在水里熟悉了周围的一切，操纵自如时，你便不肯离去，每一次都是我和爸爸费好大劲儿才能把你从水里安然地捞起。爱玩水的你真是个小淘气！

还不到三岁，你便开始上幼儿园小班。放学后，你每天在家里翻来翻去，闹腾个没完没了，像一个不会停歇的马达，玩累了才肯坐下来歇一会儿。你每天都会把在幼儿园里学的东西绘声绘色地给我们表演一番，那股认真劲儿让我们怎么也看不够。那稚嫩的声音，那可爱的动作，让我们总也忍俊不禁。你为我的生活增添了无限的欢乐。

三岁时的秘密

随着年龄的增长，你的语言表达能力越来越强。一天早晨，我正在洗漱，你正在院子里玩耍。突然，你大声喊起来：“妈妈，两只小鸟在打架。”“儿子，小鸟为什么打架？”我顺势问道。“他们在争食物。”你回答说。

你一天天在长大，总是语惊四座。有一次，你缠着姐姐，姐姐不耐烦了，就打了你一巴掌，你绷着小脸骄傲地说："我是男子汉，就是不哭。"你这一句话逗得我们全家哈哈大笑。

我给你讲完绘本故事《逃家小兔》后，你对我说："妈妈，我也要离家出走。"我连忙问："儿子，你为什么要离家出走？"你说："小兔子就离家出走了，我也要离家出走。"刚刚三岁半的你总是说些令我啼笑皆非的话，给我的生活带来了无限乐趣。

记得那年你四岁

四岁半的你，常常语出惊人，令人忍俊不禁。一日，早晨下了很大的雾，你在院子里大声说："妈妈，快来看，好大的一张雾，把我们的院子全遮住了（我家的庭院足有一亩地那么大）。"

带你从超市回来的路上，你吃着最爱吃的"王子脆脆多"，高兴地说："妈妈，我都有十年不吃它了。"我忍俊不禁地说："儿子你才多大呀！十年前哪有你的影子呀！"

一天，你正在和小朋友玩过家家的游戏，正在做家务的我听到你对小朋友认真地说："我们做饭吧！我是爸爸，你是儿子。爸爸做饭很辛苦的，你一定要好好地吃哦！"

幼儿园的老师讲过豆子的用途后，你在院子里种了几粒豆子。第二天，天还没亮，你就着急地问我："妈妈，小豆子发芽了吗？"我说："还没呢，儿子。"你更着急了："妈妈，我用水浇了浇它，太阳公公照了照它，风婆婆抱了抱它，它为什么还不发芽呢？"我安慰你说："儿子，时间太短了。时间长了它一定会发芽的。"你放心地点了点头，开心地笑了。

你五岁时留给我的记忆

母亲节那天，你对我说："妈妈，我想对你说个悄悄话。"我蹲下身子对你说："说吧，宝贝，妈妈听着呢！"你搂着我的脖子，悄悄地对我说："妈妈，我特别特别爱你。我最喜欢你的手了，你一抱我，我就觉得好温暖，像有一道亮光，一直照在我的心里。"听了你的话，幸福笼罩了我的全身，我觉得温暖极了，这是我在母亲节收到的最好的礼物啊！

有一天吃晚饭时，你大声对我说："妈妈，我口渴了，想喝水。"我连忙放下碗筷，倒了一杯水，放在你面前。你淘气地对我说："妈妈，我一要水，你就马上给我倒水喝，是不是怕我变成一个丢失了水分的蔫苹果？"听了你的话，我哈哈大笑，好一个可爱的儿子哦！

记得一天下午，你去学画画了。在接你回来的路上，你高兴地对我说："妈妈，今天我的心情可好了，就像去森林里玩耍时，没遇到蛇和蜘蛛一样！"你总能带给我许多惊喜，竟会用恰当的比喻来形容自己的心情了！五岁半的你哦，在成长的过程中带给了我一路欢乐！一路惊喜！

刚入学的你

赫赫，你刚成为一年级的小学生时，有一次，你和爷爷去参加别人的婚礼。回来后，我打趣地问："儿子，新娘子漂亮吗？"你认真地回答："妈妈，我觉得新娘子长得就像你的同事——欣欣。""是吗？"我问。你郑重地回答："她们两个长得就像是象形字。"听了你形象的比喻，我哈哈大笑。我把这件事讲给办公室的同事听，她们也哈哈大笑起来。她们说："你儿子真的太有才了！"儿子，你心里怎么有那么多奇妙的想法呢？

现在的你

赫赫，亲爱的宝贝，刚刚11周岁的你，已经有一米六多的个头，看着你日益健硕的脊背，我露出了满意的笑容。爱读书的你，每天都会与书亲密相伴一段时间。每到周末，我问你：“你是要去公园还是去书店？”你总是毫不犹豫地大声回答：“我要去书店……”兴冲冲地从书店买回心仪的图书，然后手不释卷地开始阅读之旅。你每次都是一边读书，一边和我交流文字中的乐趣。孩子，当你爱上读书，你便会发现，整个世界都在偷偷爱着你。

赫赫，我亲爱的宝贝，感谢你这十多年来带给我们的快乐和惊喜。你的每一个不一样的举动，你的每一次改变，你的每一次进步，都会触动我的心灵，带给我无数惊喜。在妈妈的眼中你永远都是最棒的，因为你懂事，因为你健康，因为你快乐，因为你有一颗善良的心。在以后的每一天，妈妈都希望你健康、平安、快乐地成长。妈妈希望你成为一个有爱心，有才情，有抗压能力，坚强、乐观、阳光的男子汉！

亲爱的宝贝，我是你人生的大树，永远陪你看日出！你是我今生写得最好的情书！

精神灿烂

近日，去看荷花，看那满池的荷叶碧绿，看那高擎的花苞在八月的骄阳下努力绽放，在微风里舞动着一季芳华，于是便想到一个词——精神灿烂，觉得这个词里面融入了一种积极向上的情愫。读来，让人恍若春风拂面，颇感舒适。

因为喜欢，所以常常用“精神灿烂”去定量遇见的人和事物。骨子里爱极了花木的灵性，所以在庭院的廊下和室内的案前摆满了自己喜欢的绿色植物。

那一株精神灿烂的文竹和那盆长相肥硕的兰花，枝繁叶茂，一层层或浓或淡的绿色枝蔓，把盛放它们的青花瓷盆遮盖得严严实实。每日，坐于窗前，读书、赏花，那一行行小字，那一盆盆绿色植物既入了眼眸，又养了心神。

庭院假山旁的那株桃树，春天的脚步刚到，它就急不可待地吐露着向阳的第一个花苞。等到东风用力一吹，它就绽开醉人的笑靥，用精神灿烂的容貌向我宣告着春暖花开的美好。

邻居的大妈，是个七十多岁的老人，满头的银发，喜欢穿红色的衣服，性格开朗，精神矍铄。闲暇时，大妈总爱和邻里说说笑笑，玩笑间，岁月在她脸庞留下的痕迹都已沉淀，只剩下快乐的她精神灿烂，笑靥如花。

八月，一池的白莲还在眼眸旖旎，秋天，已轻轻打开门楣。透过初秋的门窗，我发现满池的碧绿在初秋的晴空下依然精神灿烂，那一抹抹暗香，在渐渐变凉的岁月里依然依着时令吐露芳菲。

我把一寸一寸的心事，在这个寂静夏夜，写进一池的碧波荡漾，等到初阳升起，它便会散发出满池的清香。一季花开，一生相思，这一刻，那心底的白莲，如朵朵美丽的烟花，在心湖悄然开放。今夜，循着缕缕花香，那个熟悉的身影，可是你踏香而来？

每一天，都欢喜着遇见，与自己，与喜欢的你。晨练途中，在街角小公园的草坪上发现一株黄色的小花，兀自在晨风中忘情地开放。看着它明媚的样子，我心里暗生敬意，爱极了它的精神灿烂。

《红楼梦》里，大观园中诸多貌美才卓的女子，我独独爱极了笑由心发，性由情生，怨从身来，苦自命感，不矫揉造作，不自卑的史湘云。

她——心乐达。她自幼便失去父母，依靠婶母过活。即使有到贾府生活的机会，也还是含着眼泪嘱咐宝玉在贾母面前多提点自己，才得以过来的。即使如此之苦，她也没有像黛玉一样悲悲切切，而且还曾经开导林黛玉。她大说大笑，不把自己的悲苦命运放在心上。

她——才气足。她积极支持创建诗社，和众女子一块儿吟诗作对，无不显示着她的智慧。在诗社初建的几场比对中，她即兴而发做出令人叹绝的作品。她的《对菊》《供菊》《菊影》足以彰显她的才情出众。

她——豪气横。湘云性格活泼豪爽，气量阔大，没有半点虚伪做作。她身为女子，却常常以“真名士”“大英雄”自喻，爱打扮成个小子的样子。她娇憨潇洒，敢作敢为，全然没有小女子的矫揉造作。

她——性情真。既无视高低贵贱，又不拘于男女之别，与人相交不拘小节，一片本色，无功利之心。翠缕喋喋不休的疑问，史湘云循循善诱的解答，使主仆间弥漫着一片宛如姐妹师生的平等气息。

因为精神灿烂，她一路走来一路脚印，把生命的弧线画得丰润深刻而不简单。她告诉世界，精神灿烂可以改写人生，改变命运。

精神灿烂，多好的一种状态啊！庭院的那片竹林在夏日里绿意葱茏，在雨幕下舒展着妖娆的枝丫，那蓬勃的样子，也是如此的精神灿烂。

有时候，美好其实很简单。清静的时光里，独坐在窗前，随手翻几页书，书里恰好有一行小字，读来，会入了眼眸，入了心境。人生路上，会遇见一个喜欢的人，恰好那人也深深喜欢你。偶遇，一条老巷，刚好它是你我喜欢的模样。偶然，遇到一枝花开，我就会把那篮花香送给你，送给时光。

案头的那束春日桃花，在时光的浸润下已没有了昔日的粉嫩和娇艳，只剩下一种清瘦的风骨，在光阴的一角播撒着昔日的风情，用它特有的骨感丰盈着孤独的眼眸，依然精神灿烂。年华向晚的岁月，愈发喜欢一种清冷。一枝残荷，一朵枯花，一段沉寂许久的往事，在生命的角落，兀自独立，寂然无声。

寂静的夜，窗外的纺织娘在孤独地鸣唱，诉说着浅浅的心事。雨后的夏夜，没有了以往的闷热，缕缕轻风送来了丝丝凉爽。习惯了在静静的夜里，于文字间徜徉。

一笔字墨，漫漫情深，遇见，彼此相悦，就是一生的暖。记忆里的那些对白，如淡淡花开，写满了我们的情意深重，熏香了生命的每一个角落。有你的岁月始终如歌，且行且珍惜的日子，唯愿时光不老，我们不散。小字情衷，在生命的纸张，描绘着深入骨髓的韵脚。

伫立时光的河岸，用笔轻描，在岁月深处画一个精神灿烂的你，画一个精神灿烂的我，相依于时光的年轮，不离不弃。江南的烟雨，在眼眸迷离。我是夏日的初荷，永远摇曳在你的心底。我用莲子书写一阕清丽的宋词，用一腔婉约的心事在荷池边与你倾城相遇。

每天怀着如花的心境，把每一个平凡的日子过成美妙的童话。与你遇见，在文字里放纵心情。保持精神灿烂，把自己活成一个美丽花园，把我们的遇见，变成一个不老的传奇。

生活需要美感和仪式感

生活需要美感和仪式感，美感就像沙漠中的暗流，潜藏在我们每个人的心里。当我们面对美好的事物，就像精神矍铄的明眸，看到春日莺啼翠柳的新意，被美的呈现和渲染感动。

庄子曰："天地有大美而不言，四时有明法而不议，万物有成理而不说。"生活中有许多美丽的事物等着我们去发现，沉溺其中，美感就会丰盈我们的灵魂，愉悦我们的心灵。

我们烟火日常中的读书，旅行，听音乐，养花，欣赏艺术品，看电影，甚至做饭，都是在发现美，创造美，欣赏美。

我固执地认为，一个家庭的色调应该趋近透亮的色彩，或是摆设大大小小的盆栽。让透亮的色彩和生机盎然的花木赋予的美感，把平淡生活萌生的倦意，从喧嚣的水泥森林沉睡中唤醒，营造出一份清新雅致的感觉。

我想，我们的生活需要春暖花开时的美好，需要绿色植物萌芽时的清爽，让心灵把低眉垂睫的美感唤醒，避免美在孤独中睡皱。

室内的盆栽是生活中的一抹亮色，案头、墙角的绿萝以枝枝青绿，熏染着烟火日常中的苍白。无论何时，你若望去，定会满目春色。

曾看到有位友人细细打理自己家里的庭院：哪一处适合种植春兰；哪一处适合栽植夏荷；哪一处围栏成畦，适合种植满目的瘦菊；哪一角适合栽一株虬木成型的寒梅；哪一处适合垒制一座假山，侍养一山烟岚，都安排得养眼、养心。

那些置放在花架上肥硕的多肉植物，茂盛的绿色植物，垂挂的绿萝，一朵朵俏丽的秋菊，组成一派自然明丽景色，着实给庭院增添了许多的美意。

这时候，你与她坐在廊下，泡一壶好茶，聊几句心语，看着眼前的花草葱茏，芳菲嫣然，你会觉得光阴含笑，日月有情，花枝生香。这种美好，似是光阴为平淡生活镌刻的锦绣篇章，恍若隔世的世外桃源。

我们没有庭院，却可以把花请进家里。插花就是很好的艺术美。买几枝香水百合，配几株富贵竹，置于净水净瓶之内。白色的百合花，犹如一位技艺高超的大师用汉白玉雕刻而成，又好似晶莹剔透的水晶花。那洁白无瑕的百合与碧绿剔透的富贵竹映衬在一起，自有一种出尘的美意。

如果，我们去野外采野花三两朵，芦苇七八枝，鲜艳野果少许，插入好看、雅致的瓶内，也是一枝生千意，一室有风情。

一束花住进室内，亦如一个人徜徉在花房。再于花前，喝一壶茶，读几页书，听一支喜欢的乐曲，也是一种人生的快意。

花木令人赏心悦目，让平淡的生活顿生美意。如果用心经营，厨房也是可以生出暖意和美感的地方。那绿油油的蔬菜，橙红碧绿的瓜果，无一不是生活中的最好点缀。

在一间温暖且繁杂的厨房里，作为一个有爱的女子，你可以欢愉地在音乐声里洗涤各色鲜艳的菜蔬，以各式工具拍、切、剁、刨各种你熟悉且喜爱的食材，用各种料理方法把它们做成你喜欢的口味，摆放成你喜爱的样子，再摆放一朵可以增添趣味的花卉，玫瑰、蔷薇、茉莉、金桂……那真真的是一份色香味俱全的美丽。

当各种鲜美的气味飘浮在厨房里，你可以准备好各式相称的餐具与装饰用的绿菜叶，各色鲜艳夺目的花卉，盛放在喜爱的描花小碟内。这时候，你便可以在养眼的食物中大快朵颐。你坐在餐桌前，细致地品尝每一道菜的滋味，用嘴唇测量每一道菜的温度，用心品味每一道菜的美好。

生活需要慢下来，静下来，用一点闲散的时光，经营一份美好。养花、喝茶、做饭、享受美食，你便可在静雅中享受美感带来的乐趣。

用心经营烟火日常中的琐事，给生活一点美感，当美感浸润到我们灵魂的时候，我们就会物我两忘，在美好中愉悦、沉醉。

第六辑　情趣，生活的底色

情趣，生活的底色

李白云：而浮生若梦，为欢几何。淳朴的生活若要恬适自甘，必然少不了一些无用的趣事。赋有闲情风雅的情趣便是生活的底色。

为生活制造一些小情小趣，把夹缝里的日子过得活色生香便是最有趣的事。一直觉得情趣是一个人的情调趣味，是生活中的一种格调和韵致。《浮生六记》中的芸娘就是个极其赋有情趣的女子。林语堂先生说芸娘是中国文学中一个最可爱的女人，诚非过誉。芸娘的优秀不在于她的文采出众，不在于她的女红精致，而在于她的情趣，在于她的风雅感性和缄默沉静。

沈复命途多舛，芸娘却不落俗，和沈复耳鬓厮磨二十三年，苦中作乐，用一颗玲珑心过出安贫乐道的风雅。

芸娘是个蕙质兰心的女子，她用她的智慧和情趣为安贫的生活增添了许多风雅和乐趣。沈复闲居在家时，案头、桌上瓶花不断，芸娘为其提议，用死去的昆虫做成标本，系在花草之间，或抱花梗，或踩绿叶，便可栩栩如生。芸娘对生活的用心和风雅令所见之人拍案叫绝。

芸娘是个极懂生活情趣的女子。她的出色在一个个生活细节中呈现。她为爱喝小酒的沈复量身定做的“梅花盒”，白瓷的碟子，摆成梅花的形状，置入可口的小菜，既入目养心，又不浪费、铺张。这个蕙质兰心的女子，用她的情趣和节俭把安贫的日子过得活色生香。

她对生活的热爱，对日常琐事的用心，为安贫的生活制造着一个又一个美好。夏天荷花初放时，晚上闭合，白天盛开。芸娘便把少许茶叶放在荷花心。第二天早晨取出，烹了雨水来泡茶，那茶香、茶韵自然绝妙。

如果说芸娘是中国文学中最可爱的女人，那么张岱便是中国文学史上最会制造小情小趣、享受生活的男子。

张岱把一生活成了天地风华，独自芳香，散发着迷人的味道。读着张岱的《湖心亭看雪》，我的心像遇见另一个自己一样地欢喜着。寒冷的雪夜，一个人撑着一叶扁舟，穿着细毛皮衣，带着火炉，独自前往湖心亭观赏雪景。在湖心亭看雪、小酌、品茗、谈心，也只有和张岱这样的人才可以独享两个人的孤独和繁华。

读着这样的文字，痴痴地把心底的碎碎念念说给他听：“我想嫁给张岱……”他幽幽地回我：“你想穿越到明代？如果你喜欢张岱，那么余生我就做你的‘张岱’……”

陪伴是最长情的告白。多好呀！余生有一个人愿意陪你制造一些生活中的闲情逸趣。这一生如果有一个人愿意陪你做一些“无用”的趣事，把平淡的烟火过得活色生香，已是人生最美的相遇。

我喜欢喝茶，他便陪我喝茶；我喜欢花开，他便陪我一起去寻春、赏花；我喜欢读书、写字，他便用心读我的文字；我喜欢在室内摆放一些花木、饰品，他便和我一起打造着生活中的小情小趣……

下班途中和他小心翼翼地潜入一座废弃的果园，用事先备好的剪刀，精挑细选地剪回几枝桃花灼灼。虽是一枝独秀，已是春色满屋。

我喜欢鲜花，如果当日要插花，喜欢一口气给它摆成自己喜欢的姿态，一瓶子的芳菲“哗”的一下就给房子加添了生命。那种生活情趣，可以因为花的进入，完全改观。只是瓶中一枝，也有一份清幽，也是生活中亮丽的底色。

喜欢这样的日子：慢下来的时光，随意地喝喝茶，读读书，写写字，插几枝鲜花于室内，用一颗素简心经营一些平淡烟火中的小情小趣。因为遇见，因为懂得，所以珍惜。和他约好，一起用余生做些无用的趣事，等到老了一起书写我们的《浮生七记》。平淡的岁月如此如是，已是静美。

清明假期，冒着蒙蒙细雨，和他一起去花事中寻找小情小趣，为生活添加一笔亮丽的底色。花开锦绣时，最美四月景。在我们的眼眸心间，四月，春天就这么热热闹闹地来了，一路的风情，一路的摇曳多姿。

四月，所有的花儿们都来凑热闹，来参加春的宴会，为我们平淡的生活制造一些养心的情趣。灼灼的桃花是美丽的新娘，在春风中那么美，那么娇艳，那么招摇，惹得你的眼眸忍不住直在她的粉脸上凝望。

白樱花可没有桃花的招摇，她如一位端庄大气的女子，静静地在一隅独自开放，用一双淡然的眼睛看着这生机盎然的世界，不争春，不炫耀。

我喜欢白樱花的素，喜欢她的白，那么优雅、素净，如一位从远古走来的女子，只一眼，那种柔美，便在你的眉间心痕，落地生根。

多好啊！那样纯白的颜色不染一丝尘埃，就如一份纯真的爱情，洁白无瑕，温润如玉。

和他约好，等到我们老了，就沿海边找一方小院住下，小院内有我们用心打造的亭台楼阁，假山长廊，园林美景……

闲暇时光，邀友人小聚，可小酌，可读书，可喝茶，可养花……用两个人的柔情喂养一份情趣，把生活的底色点亮。

小桥流水，丝竹于耳。一席茶，一盏灯，一良人相伴，琴棋书画，虽粗淡，却是生活中浓浓的情趣。只是一份心仪的温暖，亦能把对生活的激情点燃。

粒粒盘扣生香结

一直是个喜欢中国元素的人：一件注入东方风韵的旗袍，一座写有江南情致的楼阁亭台，一曲唱腔圆润的中国戏曲，一粒粒在岁月中沉香生辉的盘扣，都是我的最爱。

冬日的午后，太阳暖暖地照在身上。元旦小长假里闲暇无事，端坐在一曲悦耳的经典老歌里，收拾久置的衣橱。忽然，被箱底那件红红的衣物吸引住了双眸。这是当年步入他的红尘时准备的嫁衣。轻轻地抚摸着历史的见证物，那红红的绸缎，那玲珑有致的盘扣，在暖阳的照射下依然光彩夺目。那盘扣丝丝缕缕的中国情结，写满了烟火红尘中的快乐和幸福。

喜欢盘扣，喜欢这代表中国符号的中国元素。盘扣，也称盘纽，是传统中国服装使用的一种纽扣，用来固定衣襟或装饰。盘花扣是古老中国结的一种，是中国人对服装认识演变的缩影。

中式衣裳，通身少有硬物，衣扣皆由布制，手工盘绕而成。盘扣，是直到明清年间才有，在这之间，衣襟固定主要依靠绳结与绶带。梁武帝的一曲《有所思》“腰间双绮带，梦为同心结”，说的便是如是情形。宋代，人们在腰间系上玉环绶，布制的腰带一端系一枚玉环，不动声色地压住了裙角衣袢，不至于在乱风来时，扰了端庄。

他是个喜欢传统服饰的人，有一件缀着盘扣的唐装，是他的最爱，即使磨毛了衣角，也舍不得丢弃。我曾信誓旦旦对他说：“等到我老了，有大把的时光陪在你左右，就找一个老裁缝专门去学习编织盘扣，把我对你的爱恋，缠绕成结，天天置于你的胸口。”他笑而不语，只是用充满爱恋的眼神注视着我，不忍移开。

我们走过的路，犹如一本厚厚的书，还没来得及细细翻阅，已然书写到了人生的中卷。一些事，一些人，真的让人很在乎。轩窗外，冬日暖阳的柔柔照射下，一缕清风的悄然经过，不经意地翻阅书页，那些心念就会呼之欲出。一些过往，犹如胸前那盘根错节的中国元素，在时光里熠熠生辉，让人无法割舍。

眼前的盘扣让我想起了我的母亲。母亲是个心灵手巧的人。小时候，很少买衣服，那时的衣物大都是母亲自己扯来好看的布料，然后回到家里，为我和姐姐们量体裁衣。最难忘的是母亲为我们的衣服上设计的小饰品：一个小裙摆，一处小动物图案，一枚枚注满母亲爱意的盘扣，赢得了邻居不少的赞扬和小伙伴们羡慕的目光。

母亲已经离我远去，但那注满爱意的盘扣，依然在我的心里打成美丽的中国结，温婉着薄凉的岁月。

喜欢那一抹湖蓝，在时光里荡漾开去，慢慢地把一些记忆轻绾成结，点缀在衣服的一角，让岁月去悉数记忆里的点滴温馨。行走在木制的光阴里，走出一段风雅，撒下一路馨香。越过冬的台阶，在一场杏花春雨里等你赴一场心灵之约。

在渐行渐远的旧时光里，把心底的碎碎念念悄然打结，轻绾成一粒粒盘扣，不求美满，只愿封存成记忆里的经典。用一颗淡然的心，迎接生命里新的一年，珍惜岁月中的每一天。一些美丽的遇见，在缠绵的盘扣里，幻化成胸前深深的祝愿：只想，坐拥隔窗听雪的冬天，静享岁月深处的一隅安然。

坐在新年的开端，回眸经年里的过往，一些城南旧事，在心湖里独自摇曳成葱绿的青荇。今日小寒，寒末冬冷到极致，渴望遇见一场久违的雪事。亲爱的，可否约你在如水的流年里听雪拥冬？

站在岁月的台阶，双手合十，在雪白梅红的遐想中，期待一场丰厚的雪事，滋润干寒的冬。当历史的车轮踏上新的征程，只想把一些美丽的心经轻绾成粒粒缠绵有致的盘扣，悬挂在光阴的窗口。待春暖花开，风一吹起，雨一旖旎，便可粒粒生香。

和他约好，等到我们都老了，就在小城傍水的小路边，开一间茶楼，他着唐装，我着旗袍，不为赚钱，只为每天可邀约阳光做第一个客人。春来，折一枝桃花可插于窗前；夏至，邀一缕清风可翻阅案卷；秋季，菊香里欣赏霜白柿子红；冬日，隔窗聆听风雪敲门声。在夕阳的余晖里，与心爱的人儿，轻捻盘扣的丝丝柔情，把时光坐老！

爱上青花瓷

色流香，青胎素描慢拂弦。慢拂弦，岁月浮华，一梦千年。

可参造化天地妙，无极由来太极添。太极添，业火凝练，玲珑惊艳。

——青花瓷

青花瓷以其青花发色青翠、素雅、高贵而著称。一直觉得素雅、清丽的青花瓷似一位从烟雨江南款款而来的清雅女子，明媚而雅致。许久以来，对有青花瓷样的物品我是极爱的，比如青花餐具、青花茶具、青花旗袍，还有那花瓶中的霸主——青花瓷瓶。

一件物品只要沾染上“青花”两个字就变得雅致起来，那种感觉似一位相貌普通的女子，因为爱上了读书、养花、旅行、喝茶，沾染了这些颐养心性的乐趣，整个人就变得清丽、优雅起来。

青花瓷似一位不喜张扬的女子，只爱蓝、白两种色彩，只是简单的两种色彩便可以演绎历经千年不衰的瓷器霸主的风采。

也许与青花瓷的相遇也需要一种缘分。当你见到它时，立刻会被它所震撼，所吸引，所痴迷。一刹那间，那种相见恨晚、似曾相识的情绪会使你深深爱上它。

初遇青花瓷是第一次到婆家做客的一个饭局。那时还没过门，羞怯的我早已不记得饭菜吃过什么，只记得饭桌上的那套夺目青花餐具，只一眼，那种蚀骨的美便浸润进了我的骨缝里。

私下偷偷问他，这精美的餐具叫什么名字。他答："这是景德镇的青花瓷餐具……""青花瓷餐具呀！难怪会这么美丽！"只一眼，我便记住了这种清幽、雅致的美丽。

静静的夜，在如水的月色下，看一件青花瓷器，真像看一个前尘的旧梦！这青花瓷带着盛唐的高雅，携着宋代的飘逸，穿越明清的繁华，随着工匠的双手，把一个朝代的缩影融进了这青花瓷中，烧窑里的烈火把一个朝代固定了千百年，用绝代风姿书写下了一段不朽的传奇。

蓦然觉得自己对青花瓷就像王菲演唱的《传奇》："只是因为在人群中多看了你一眼，再也没能忘记你容颜……"只是因为一次相遇，我便爱上了那浸润着江南水乡风韵的青花瓷，爱上了它清幽、淡雅的美丽。

青花，在历经千年的岁月中，走过唐宋的诗风词韵，在风尘里，带来元明的底蕴高雅，随着一曲悠扬的古调，在瓶体上落笔的款款深情中，带着天青色的烟雨，打湿记忆的年轮。一笔纸墨用青花的颜色，诱发七彩的情愫，沿着江南的风情，伴着如诗的月色，在素色的胚胎上刻画着一段江南水乡缠绵的心事。

手抚着青花瓷器犹如在泼墨的山水里，在浓情的前世今生里，在如梦如烟的风景中，听青花吟唱，那江南雨巷手持油纸伞丁香女子淡淡的忧伤。

青花瓷是最美的中国符号，她的美不艳丽，不招摇。她优雅，素洁，含蓄，似一位身着白底浅蓝花旗袍的女子。

除了青花瓷器，青花旗袍也能彰显青花魅力。青花旗袍复古的高领，修身的剪裁，开衩的裙摆，经典的中国盘扣，把东方女子的温柔、贤良、优雅、高贵彰显得淋漓尽致。

天青色的青花瓷在历朝历代中是最美的青花。青花瓷有出窑的经典传语“天青色等烟雨”。据说传语出自宋徽宗，因当时的汝窑专供宋皇室使用，而窑官将汝窑瓷烧制完成后，请示宋徽宗为其色定名时，徽宗御批：“雨过天青云破处，这般颜色做将来。”此后，天青色即为汝窑瓷钦定的颜色名。

“天青色等烟雨，而我在等你。”最美的青花瓷需要雨过天晴那一刻才能氤氲出它如烟雨般勾勒的美丽。

一份美丽的遇见也要靠一颗心耐心地等待。一个“等”字，包含着多少无奈和惋叹。只愿岁月静好，未来不迎，过往不恋，相信青花盛开，清风自来。

缘于对青花瓷的爱恋，我买回许多有青花印记的物品，青花茶具，青花旗袍，青花瓷瓶……为了给平淡的烟火增添一抹诗情，喜欢用一缕花香、一窗月色、一盏淡茶、一卷诗书、一纸小字、一帧青花瓷，书写一世柔情，温柔生命中的每一段路程。

喜欢每一个平淡的日子，因为浸润着书香、茶香，以及青花的优雅使生活变得充满诗情画意。一直觉得人生不必太过繁华，只需在素简、安恬中做最好的自己。

有时候，不必与谁邀约，只是一个人，静守一枝新绿，一抹绯红，一盏淡茶，一本闲书，一套青花，低眉处，便可凭栏观落雪。

青花瓷清雅，但不清寒，而且心性沉静，有那么一点孤傲，有那么一点落寞，似一位遗世独立的女子，在清宁的岁月中独享清欢。

月夜，静静欣赏这套青花茶具，仿佛看见那如梦的往事，带着江南的风韵，在一个个记忆片段中，在一次次的回眸中，随着青丝的华彩，在釉色的渲染中，勾勒出水墨的留白，打开了记忆的栅栏，把岁月深处的一纸素笺慢慢浸染……

茶，喝的是一种心情，品的是一份雅兴。用喜爱的青花，沏一壶淡茶，便可细品人生。人活着活着，日子就会越来越薄，烟火岁月就多了一份世俗和眼眸中的日常。我爱青花那妖媚的蓝，也爱那落落的白。走近青花，细品细闻杯中茶，花无香，茶无色。人，在静笃的烟火中，与自己，相知、相悦、相承欢，已经足够。

清寂的时光，就让一朵青花安静地开在心里，在一份活色生香中不喧嚣，不疏离。而我，只喜在温良的光阴中，与青花相恋相随，在彼此相看两不厌中优雅地老去。

一帧古帖暖冬

大雪节气过后，隆冬孤寂，所有的花事沉默。在寒冷的冬日，适合在室内焚一炉香，听一支古曲，翻阅书架上存放已久的字帖，读一些心仪已久的古字，借一缕墨香，温暖整个冬天。

虽然自己不谙书法，可是对那些或遒劲有力，或俊俏秀美，或笔走龙蛇的书法作品却一见倾心，再见如故。

甲骨文用它的渊博和厚重孕育了书法艺术的原始美。一直觉得甲骨文如一位睿智、淡定的老者，带着些许沧桑，带着历史的痕迹从遥远的古代走来。

与甲骨文的初识是在学生时代。初遇这种刻在兽骨上的文字时甚是惊奇，原来日日出现在我们眼眸中的方块字，最初是与一块块兽骨入骨缠绵后，才有了今天一撇一捺的方圆。甲骨文真的让方方正正的中国字有了一场“入骨的初恋”。

甲骨文给人的感觉踏实、安稳，因为它是刻在有温度、有气息的骨头上面的。古人用甲骨文占卜运势、天气，记录他们的心中期盼和日常所需。

倘若甲骨文也用来记载爱情，那一定是记载爱情最美的文字。那种爱的表白取之血骨，是一笔一画刻在白皑皑的骨头里，那么坚若磐石，毋庸置疑。

我情愿甲骨文在用来占卜的同时，也用于爱情故事的记载。倘若如此，我们在遇见清晰、明媚的甲骨文同时，便可以遇见古人入骨缱绻的爱情光阴。

因为那份入骨的美丽，我是极爱这古意浓郁、温润、妥帖的甲骨文的。

如果说甲骨文是清晰、生动的，那么小篆便是空灵、俊秀的。一直觉得小篆是所有的古文字中最秀美的一种字体。小篆显示的每一个字都如同一幅美丽的中国画。

小篆就是一位端庄、秀丽的大家闺秀。只有在隆重的场合，她才一展笑颜，在历史的画卷上留下精彩的一笔。纯净、简约的小篆就是一位体态轻盈、身形修长的貌美女子，在历史的长河中一直被文人墨客所追捧，所青睐。

小篆这个字字如画的优美女子，用她的圆润，用她的奇趣推动了华夏文化，发展了中华经济。

每一个篆体字都是一幅迷人的古画，蕴含着一笔古典，一笔严谨，一笔优美，从秦朝到现在，经历两千多年的亘古不变，一直用她的独特魅力享誉华夏。

在所有的字体里面，我最钟情的就是楷书。那方方正正的中国字，犹如你的为人，一笔一画虽然拘谨，皆是浓浓的真情实意。

人到中年，开始深爱楷书。一撇一捺下去，全是妥帖、安稳。那看似老实的一横一竖，那看似方圆正统的楷书，实在退出了自有的锋芒——它的所有诱人之处恰恰在于以退为进，恰恰在于低调、隐忍，恰恰在于不虚张声势。这一切，刚好是你的处事风格，你的人生观点。

眼前的楷书似一个端庄、淡泊的中年男子，少了青春时期金戈铁马的张扬，行事太拘泥于形式，没有高山流水的潇洒，一撇一捺皆是日常闲话。

中年后的日子是楷书的，容不得乱写乱画。太过华美的事物容易消逝。楷书是走进心里的寻常佳话，每一笔落下，都是深情。岁月绵长，我且与你在楷书的一撇一捺中，与岁月，与懂得共老。

一直觉得美好的相遇是不需要邀约的。一个人与一个人的相遇，一朵花与一朵花的相遇，一个章节与一个章节的相遇，一个古字与一个古字的相遇，都是一份美好的凝眸，一个美好的开始和延续。

如果说读古帖是前世的邀约，那么我就在一间心仪的小店内，插几枝花木，摆放上一些养心书帖，然后在一行行古字里遇见美好，遇见你。

世上最美的牵挂应该是目光与目光的牵挂。你会顺着一个人的目光走进他的心里，然后从心里牵出一根红线，柔柔地种在彼此的心里。就这样目光牵着目光，从春天的渡口，一直走到暮色苍茫，走成一串美丽的音符，在一个人的世界里写成永恒的文字，坐落成清丽的诗行。

字，能看出一个人的品性。字，蕴含着一个人的修养，是一个人的脸面。

字体，是人在书写时心境的表白。写一手好字是每一个读书人的追求，我想我也要焚一炉香，沏一壶茶，用心地一笔一笔把自己的点点滴滴在人生的素笺上慢慢描绘。

改变表象最好的方法不是在表象上下功夫，而是要从内在改变气质，比如多读书，多欣赏艺术，多旅行，热爱生活，善待生命，对身边的人多一份理解和包容……这是精神的化妆，也是生命的化妆。

人生不过就是这样，在努力追求中成为一个更有精神、更有灵气的自己。若在深层的化妆中努力，即使老去，依然会是生命中最美的自己!

即使工作再忙碌，每天也要读几页书，写几行字，临摹几张帖子，给红颜渐渐褪尽的我们看。等到青春不再，等到红颜已改，那些定居在文字里的温暖依然会萦绕心田！

始终相信，两个人的心心相印会日久天长。慢慢地在一盏茶里，在一行字里，品味绵绵不绝的美好时光。冬日严寒，用墨香和思念熏染薄凉时光。月光旖旎，情愫如往。

美好需要质感，沉下心来，过自己上品的生活。最好的时光是你在，我在，用心书写的真情一直都在。

在美好的岁月里，用墨香、茶香、花香，与时光共舞，与生命温存。用心灵捕捉文字，用文字供养灵魂。选一种最好的姿态，让自己活得无可替代。

贪恋暖香

有些事物，天生就有一股子暗香，柔柔的、暖暖的，让人沉醉，让人贪恋，比如书籍，比如花木，比如禅茶……

有些文字，字里行间漾着暖暖的香气。在爱里无限生长，长了枝和节，长到我们开始奔赴一场又一场热烈。

年少的时候，喜欢读琼瑶、席慕蓉、汪国真……是对美好爱情的一种向往和追逐。一个粗劣的本子，上面抄满了席慕蓉和汪国真的诗句。

如何让你遇见我
在我最美丽的时刻
为这
我已在佛前求了五百年
求佛让我们结一段尘缘
佛于是把我化作一棵树
长在你必经的路旁

阳光下

慎重地开满了花

朵朵都是我前世的盼望……

读着这清丽、唯美的诗句，仿佛自己已是一棵开花的树，站在路口，遇见美好，遇见打马从我的世界经过的白衣少年……这些文字里的暖香，这些稚嫩的手写体，满满的都是青春葱茏作响的记忆。

后来，开始读三毛，读张爱玲。在三毛的文字里和她一起横穿撒哈拉沙漠，一起领略异域风情，一起见证荷西对她爱到痴迷……读张爱玲的小说，在文字里，触摸着她的旷世才情，阅读着她的孤傲和清冽，感受着她失去爱情后的枯萎和无奈。

年岁渐长的岁月里，开始读林清玄，读周国平，读蒋勋，读汪曾祺……慢慢地，生命里少了风花雪月，越来越喜欢那些有哲理、接地气的文字漾起的暖暖香气。

这种感觉如同对衣装的选择。那些年，一直喜欢买艳丽的衣衫，觉得只有艳丽才配得上鲜衣怒马的青春，才配得上情意热烈的自己。慢慢地，喜欢穿清雅的衣衫，颜色里多了黑、白、蓝……即使是红，也只是淡淡的粉红。

哲学家尼采说，人生是一座桥梁，重要的不是目的和结局，而是过程。人生的过程可能比答案还要迷人，所以我们就要读一些文字。蒋勋说文学是一种疏离，那么就让我们在游离中，保持旁观者的冷静，在文字里去观看、去书写，一切与自己有关或无关的事情。

一直觉得有香气的事物都是相通的，比如书、花、茶。如果文字里的暗香要用心去感悟它的温暖和清幽，那么，花木中的暖香则要用眼睛去寻找，去领会它的醉人。

我们寻找的，大抵是和我们精神上有灵通的那个人。与花木、与禅茶亦是如此，不必管它们能不能和我们长相厮守，那只是形式，有心就够了。

花木中的暗香从春天就开始蔓延、泛滥。立春过后，东风一吹，小河化冻，那些蛰伏了一冬的香气便热烈地扑面而来。

春天，所有的植物像刚睡醒的孩子，一树树、一枝枝拼了命地招摇着花事，散播着沁人心脾的暖香。那香气柔柔的、润润的、暖暖的，让你控制不住自己想靠近，想在花事泛滥的暖香中沉醉。

满树的芬芳摇响铃铛的时候，香气就来了。这时候，你的心中全是花香，一阵，两阵，一百阵……

从此，每天都有花摇响铃铛，将花香摇上你的眉间，摇上你的心田。那紫藤挂云木，那丁香如云海，那些暖暖的香气都在岁月静好中与你温柔相见。

从此，我就坐在花香满衣的庭院深处，只与你，与香，温良遇见。我知道，我的世界除了人间草木，其余的都是你。这一刻，繁花万朵，我最独特。

坐在暖香袭人的花架下，这时候最适宜喝一盏禅茶，那茶里自然也会有暖暖的香气。

我不懂茶艺和茶道，却贪恋着茶的暖香。那茶香淡淡的、稳稳的，如一位中年人的淡定和从容。茶叶在一沉一浮中皆是日常。

早些年，不喜欢喝茶，偶尔喝起，也觉得不如甜润润的果汁可口。对果汁的欢愉犹如喜欢青春飞扬的年华，一切青春韶华在时光旋转中流逝，甜蜜而美好。

步入中年，慢慢地，爱上了茶，爱上了它的纯净，它的深邃，它的清幽，它的淡泊。有些内在的东西，绵软深长的东西，是要靠岁月馈赠的，年轻也有年轻不能抵达的遗憾。

陆羽《茶经》有云：“茶者，南方之嘉木也，一尺二尺，乃至数十尺。

其巴山峡川有两人合抱者，伐而掇之，其树如瓜芦，叶如栀子，花如白蔷薇，实如栟榈，蒂如丁香，根如胡桃。”

南方有嘉木，北方有相思。嘉木风可催，相思不可断。对茶，我极爱铁观音。它叶体沉重如铁，形美如观音，呈螺旋形，色泽浅绿，具有天然兰花香，汤色清澈金黄，味醇厚甜美，入口微苦，用心回味后立即转甜。每日里，看那茶的美在水底展开，青绿红边，肥厚明亮，每颗茶都带着一段茶枝，带着一份美好，带着一缕暖香，在唇齿间温柔缠绵。

你说，等到老了，就开一间茶馆吧，在某个临海的街口，不招摇，不繁闹，茶馆有一些古旧，一些清幽，室内有书香暖暖，有花香阵阵，有茶香氤氲，有你我相伴，已经足够。

在午后慵懒的阳光下，只与你安静守候闲淡的光阴，将一盏茶，喝到无味；将一朵花，爱到荼靡；将一本书，读到无字；将一个人，爱到无心……

让我们在书籍、花木、禅茶飘溢的暖香里贪恋、沉醉，让余生的时光慢慢走，让相思不曾闲……

让平淡烟火生出意趣

一直很欣赏那种把平淡的烟火谱写成清丽诗行的人。他们的灵魂深处有我喜欢的品位，优雅、精致、美好。

所有生活中的美感，都来自一种心境和一个人对生活的态度。生活不缺少美，缺少一双发现美的眼睛；烟火不缺少诗意，缺少一颗营造诗意的心。生活美学是一种慢，脚步慢下来，用心去营造美好，简美就会应运而生。

一个人的房间，处处可见一个人精神上的气质。一座房子，需要用心去营造、去布置、去关心，才叫作家。有许多人，一辈子只有房子，却没有家。

读过这样一个故事：老马大学毕业，进了一家外企，混得还不错，可是他娶了同村的一个姑娘，那个姑娘初中没上完就去打工了。

朋友很不理解，问他为什么这么做？两个根本不一样的人，怎么可能有共同话题？老马笑笑，不说话。

那是因为有一天，老乡聚会后，老马送姑娘回去时，进了姑娘住的出租房后老马有些惊讶。那是一栋很破旧的老房子，指不定哪天就要拆迁了，可是姑娘的房间收拾得特别精致，虽然房间里的东西看上去都很廉价的样子，但是特别干净整洁。

一看房间的布置，就知道主人是一个特别懂生活的人。老马想，那得活得多乐观，才可以在破旧的出租房里建自己的城堡。大概，有公主梦的姑娘，从来不会轻易凑合自己的生活吧！

一个人行走红尘，无论处于什么样的环境，都能用心把房子布置成自己喜爱的样子，赋予它温馨和精致，是一种生活态度，也是一种生活品位。

一直喜欢给自己的家里邀约一些有趣的朋友：一盆盆绿意葱茏的绿植，一件件富有意趣的工艺品，是勃勃生机，更是一室绿意盎然和生活意趣带来的美好心境。

对花，我是极爱的。一年四季，总会赋予室内的花瓶一些清幽的香气。

春天案前的一枝桃花，是春色撩人的光阴，更是生命中清丽的诗行。

夏天荷花飘香时，从池塘采回枝枝莲蓬和朵朵新鲜的荷花，给炎热的夏天带来缕缕清雅的荷香。莲的清幽，莲的风雅，莲的碧叶如盖，莲的寂绝无声，皆是穿越千年诗词的清丽韵脚。在一株莲花里放逐自己的灵魂，应是夏日最美的事情。

秋天的光阴是最美好的：一颗颗在野外红到极致的小果子，一根根在风里摇曳生姿的芦苇，一个个富有禅意的干枯莲蓬，都会是我房间里最美的风景。

平日里，如果插花，我就只插百合，搭配几枝绿意盎然的富贵竹。香水百合与葱绿的富贵竹插在一起，一半绿得透彻，一半白得无瑕，心中甚喜。一直喜欢百合花爱的花语。余生，只想与他安静守候一份真情带来的温暖，远离喧嚣，百年好合！

用枝枝绿色点缀岁月里的每一方水土，用百合花的馨香熏染生命中的每一寸时光，用一颗平常心经营生活，把每一个平淡的日子谱写成清丽的诗行，让心之歌在旷美的天空婉转悠扬……

平淡的烟火中，细心地为室内添一草一花，添一景一物，爱着自己的每一个烟火日常，那些美好都会在心里开出花来，让一个人的平淡生活因为富有意趣，而变得美好且精致。

美是一种独特的品位。无论生活还是做人、做事，我喜欢创造自己独特的风格，这种风格不一定是另类的，但一定是最适合自己的，就如同和一个人的感情一样，不一定是最完美的，但他一定要能和自己的灵魂和心灵的感觉契合。

我觉得衣服最好能穿出优雅，穿出一个人的风格和品位。衣服不用太贵，不必追求名牌，在自己力所能及的范围内，适合自己的，能穿出美感的就是最好的服饰。

近些年，对绿，越发喜爱了。对绿的喜爱源于植物的绿色。素年锦时，不再喜爱妖艳的色彩，越发喜欢绿的从容、自若、淡定。那些明绿、翠绿、浓绿、墨绿……在阳光下是一种生命的顽强在时空张扬。

以前，对绿色的衣物我是断然不敢尝试的，觉得那种绿色太难驾驭。因为爱上了植物的颜色，所以衣柜里服饰的色彩也增添了绿意。随着年龄的增长，对绿色的那种怯意已逐渐淡去，一袭绿装，一份新意，只要心存欢喜，任何喜爱的服饰都可以演绎出一份属于自己的美丽。

至真、至纯是一种修为，不争、不求是一种境界。大凡有这种意念的人都是经历了常人不知的磨难，忍受过常人没有品尝过的煎熬。他们经历了、痛过了、看淡了、放下了，便会卸下所有来自红尘俗世的名利和包袱，只留一份诗意和清欢来喂养自己精致的灵魂。诗意是意趣、是婉约、是浪漫；清欢是行苦、是知味，更是禅意……

努力做一个快活的人，为生活营造一些美感，生出一些意趣。世界上最快活的人是最能领略的人。所谓领略，就是能在平淡的生活中寻出趣味，让年复一年的平淡烟火日子生出意趣……

一个人保持开心的方法其实很简单，就是逐渐学会少一点期待，多一点生活意趣，那么，所得到的一切就会变成细碎的惊喜，就会填满那些空缺的遗憾。

趣味主义是一种生活态度。让我们做一个有趣的人，在日复一日的烟火日常，一边努力工作，一边享受生活，用书、花、茶点缀生活，用情和爱润泽生命，做个自律的人。只要美丽地活着，人生便会趣味盎然，春暖花开……

生命就是由一些看起来微不足道的小事构成，但如果以一颗欢喜心投入到每一件事中，那么生活就会变得有趣而充满诗意。

一个人真正的资本，不是美貌，也不是金钱，更不是学问，而是用真诚、友爱、善良编织成的平和，还有不会随着岁月变迁而消失的生活意趣和“精神长相”。

倘若，我们可以让每一个尘世物什都长成一朵花的样子，平淡的烟火日常便多了一份诗意。

当你活成你自己时，你的身体就会散发出一种自信，一种自由，一种感染力……那便是优雅。

我们，总要留给自己一些独处的空间，可以散步，可以赏花，可以读书，可以喝茶，可以让一些旧物在眉间心上缭绕生香，也可以什么也不做，只是在沉思中虚度一段意趣横生的烟火日常……

静气最美

常常在想，人是应该有静气的。人有了静气就会少了浮躁，有了静气，就会多一份淡定从容，多一份雅致空灵，如此这般，多好！

万物之中花木最有静气，不喧嚣、不热烈，只是静静地站在四时的田野，顺时而生，用它的花开，用它的碧叶，还有它的枯枝，张扬成一道道最美的风景，与世界温柔以待。

一直觉得，作为女子要有静气才好，最好安静成了一幅水墨丹青画。喧嚣中，只是低头含笑，或者静默不语，即可心有风骨，静默成一幅画，因为那安静富有意趣，因为那安静有了风仪。

爱读书的女子是有静气的。一位女子，无论长相如何，只要喜爱读书就够了。书中的字符，书中的经典，书中的哲理，是人生路上美丽的相遇，更让优雅、娴静之气在灵魂深处蔓延。

静夜，一轮弯月如钩，人散后，夜凉如水，竹帘轻挑，三五只闲散的杯子，在一团静气中安然，没有白日的喧嚣，没有人前的聒噪，只剩一个人在一页页的书香中，娴静而美好。

喜爱喝茶的女子自然也是富有静气的。茶是一种富有禅意的饮品，饮茶的过程亦是品味人生的过程。茶香最初入口时的欣喜，茶味初入口时的微苦，茶叶泡过几次后的淡而无味，亦如我们的人生，在遇见中经历美好，品味无奈，接受平淡。

喜爱花木的女子是有静气的。一直觉得作为女人，应该和花草比较亲近，因为花木之情会让一个人褪去因为忙碌生出的焦躁，多一份静气在身心。

大到一株花树，小到一盆掌上植物，都可算是花事，女人于花事是应该赋予耐心和柔情的，于花草的知觉、敏感、欢喜、吝惜与爱护，足可以看出一个女子的性情。天然富有静气的女子，随手采一朵小花戴在身上，顿时便可空灵雅致起来。

花事于生活是一种仪式，它与时间无关，与金钱无关，它只是与美有关，那是一种生命之美，是一种娴静之美，是大自然与女人爱的呢喃，是永远的缱绻。

人如果有了静气，就会适当地与现实保持距离，让清醒的自己在娴静之中，静静地观察并审视我们所处的生活，用一颗超然物外的心，对待和谐，更喜欢，对待纷争，更淡然。

人需要在静气中给心灵找一个自由呼吸的时间和节点，让心变得娴静且纯净，让灵魂变得精致而丰盈。

静气最美，所以需要慢慢用心滋养，又或者静气太难得，只好生就了一颗羡慕的心罢了。把静气放进文字里，静气便成了字墨，晕染成了清丽的诗行；把静气放进茶里，那静气便在嘴里，在心里，慢慢地渲染开来；把静气种植在一棵棵喜爱的花木中，那静气便氤氲成永不褪色的画卷，让生命富有灵性。

我不过是个对娴静之气极爱的女子罢了，行走在琐事冗重的红尘，无意之中，便多了一份浮躁。

端午假期，晴好的天气，顶着火辣辣的太阳，去看那静默成唐诗宋词的荷花。捡起一朵飘落在池塘内的睡莲，深嗅，然后搁置在小亭内的栏杆上。

静夜，褪去一身的浮躁，侍弄我的花木，就着灯光看映在墙上的花影，看花木间冒出来的静气，在室内缭绕……

只是这样的静气太短暂，短暂得需要我用一生的光阴去品味，去追寻。常常在想，这静气带来的美感，如何才能在我的生命里变得厚重永恒呢？那样，静气带来的美好，就可以抽刀断水水更流了……

一折青山一扇屏

喜欢一个地方，惊叹于它如一折青山，用一扇屏的光亮，用花园一样的景致，用努力进取的恒心，在校园的一草一木、一花一果间闪亮，在教学楼前的路上闪亮，在校园内来来往往的行人身上闪亮，在龙都大地闪亮……

数年前，因为女儿求学的缘故，慕名而来的我们，缘于学校的教学质量，初次踏入濮阳市开发区实验学校的大门。匆匆那些年，豆蔻梢头二月初的女儿，在开发区实验学校敬业与乐业教师们的精心培育和指导下，顿悟、凝练、努力、进取、成长……终于不负众望，在中招考试中脱颖而出，考入市重点高中，为敲开高考之门奠定了基础。

如果说，因为女儿求学，我对开发区实验学校一见倾心，心存感恩，那么数年后，因为开会、学习多次踏入开发区实验学校的大门，更是惊叹于它的美丽和魅力。学校幽雅精致的环境，犹如一幅美丽的画卷，在眼前缓缓展开，惊艳了我的眼眸。

林徽因说，人间最美四月天。我却以为，春天最美在校园。你若是在春色醉人时漫步开发区实验学校，那满目春色定会惊艳你的眼眸，醉了你的心神。

漫步校园，处处皆是春色。教学楼前的玉兰，犹如春天最美的使者，用它的洁白，用它的浅紫，在枝头浅笑嫣然，那朵朵芬芳，盛着满满的热情，欢迎着每一个远道而来的客人。

教学楼后面的樱花也不甘示弱，迎合着一条林荫小道，在塑胶操场的周围呼啦啦地拼命开放，那一树树樱花，如云霞生薜帷，把春天的校园装扮得异常美丽。

如果说，开得正浓的玉兰和樱花是学校的迎客使者，那么学校会议室后面的亭台楼阁、假山果林，便让学校另有风味，别有洞天。真可谓：柳絮风轻，樱花雨细。春阴院落柳垂地。碧溪影里小桥横，竹亭台上书声起。

学校餐厅旁的假山，应该是师生闲暇时的最好去处。小桥流水，睡莲绿荷，金鱼游弋，可赏莲，可听水，可戏鱼，可静思……身处此地，真的是黄鸟数声残午梦，尚疑身属半山园。

聆听四季花开的声音是一种美好，品摘累累硕果，让忙碌的校园生活萌生意趣，更是一种美的享受。

校园的春天惊艳了岁月，校园的秋天更是唯美了时光。八月，风动桂花香，潜藏在校园角落里的桂花树，是秋天最美的芳华。清秋的校园，有风吹来，处处弥漫着桂花的馨香，状若苔米的桂花，有着微黄的精致，潜藏在桂树根根绿色枝条中，氤氲着校园的每一寸光阴，一切静谧而美好。

每天早晨，一走进校门，就能闻到一阵或清或浓的桂花香味，那小小的花瓣散发出迷人的芳香，总能让生活在这里的人们神清气爽，开启一天的幸福时光。

暮秋时节，叶落柿子红，教学楼前那片柿子林更是校园一道亮丽的风景。春天绿芽萌动，夏季绿意盎然，秋季硕果累累，那悬挂在枝头的柿子，不单单是果香袭人，更是寓意着学校的红红火火。

身处此地，课间闲暇，师生可以漫步竹林，赏金鱼戏水，看睡莲初绽，摘秋果生趣，随手可翻阅林荫深处书架上可心的书籍。这样的景致，这样的工作、求学环境，绝不是用“舒心”二字便可解释清楚。身处这样一座别致的院落，可工作，可读书，可成长，可娱乐，那真真的是惬意极了。

一所学校，如果把自己办成花园式学校不惊奇，但是，把自己办成一折青山，处处皆有挖掘不完的宝藏，才是龙起云骧的磅礴。

学校优美的环境只是它外在的美丽，内涵才是真正的魅力。一所书香浓郁的学校，永远会走在社会的最前沿，因为它会把知识和能量不断汲取，不断扩大，让自己变得更强。

在开发区实验学校，你随处都可以看到书香弥漫，看到科技小达人的展示，看到国学经典的传承，随处都可以遇见美好。这里的一草一木，一墙一画都是文化的传承，都是学校办学理念的最好诠释。

腹有诗书气自华，最是书香能致远。一个爱读书的民族，自然是优秀的；一个爱读书的学校，自然是美好的；一群爱读书的孩子，自然是可爱的。

漫步四季常青、三季有花、两季有果的开发区实验学校，我想起诗句“一折青山一扇屏”，在诗人，是有感而发，眼前青山翠竹，秀美如屏，让他迷醉，在我而言，作为一个匆匆过客，这里的一草一木，一花一果，一景一人，都如生活在童话世界的美好和神奇。

有中原校区、政和校区、濮上校区的濮阳市开发区实验学校，把自己办成了一折青山，用一扇屏的绿意盎然，让这里的每一个人都洋溢着灿烂的笑容，幸福充实，温暖美好。

濮阳市开发区实验学校，用它的实力和幸福诠释着它的温度和深度，宽度和高度。漫步在龙都大地，在濮上人家遇见一折青山一扇屏的美好，这就是一所学校生命的质地，是一所学校无言的魅力。

提高现代文阅读和写作成绩的金钥匙

明月如霜作品
阅读试题详析详解

紫藤，紫藤

暮春，如瀑的紫藤肆无忌惮地开着，满架繁花，一朵挨着一朵，挤成了一串串、一挂挂。那样的热热闹闹，而又那样的安安静静，它如瀑的紫色实在有一种不寻常的意境。

“紫藤挂云木，花蔓宜阳春。密叶隐歌鸟，香风流美人。”记忆中最早的紫藤盛开在李白的唐诗里。他用优美的文字诠释了紫藤洒脱的姿态和迷人的风采。紫藤的这种娇艳，一直在诗人的笔下延续了千年。

暮春时节，正是紫藤吐艳之时，小城的公园内但见一串串硕大的紫色花穗垂挂枝头，那种美，紫中带蓝，灿若云霞，在古意浓浓的枝头芬芳着岁月。

紫藤花色淡紫，盛开之时烂漫如云似雾，人们喜欢它紫气东来、官运亨通的寓意，于是紫藤便承载了祥瑞之气，作为植物中的吉祥物传承了一个又一个百年。

我与紫藤的初遇是三年前在古都洛阳的牡丹园。清明时节，园内的牡丹姹紫嫣红、争芳斗艳，引得游人驻足、凝望、陶醉。惊艳我眼眸的不是国色天香的牡丹，而是园内老干、老藤虬曲而生的紫藤。

那一挂一挂如流苏般的紫色花穗，垂下的是我们青春的葱茏回忆，是我们步入中年的日月精华。紫藤挂云木，写不尽的是紫藤瀑布的美意。款款紫裙，一路逶迤着我们走过的春色撩人。

紫藤的美不单一，它要一卷卷、一挂挂，才美得华丽，美得大气。看紫藤不能只看它的花开娇艳的穗，它的美还属于它的老干，它的老藤。

紫藤的老干虬曲而生，仿佛一位历经沧桑的老者，从千年前的唐朝走来，一袭盛装，有着龙貌至尊，用一种特殊的魅力馥郁着数千年的光阴。

犹记得年少时，一度发疯一样地爱上了紫色。身上的一切服饰都是紫色的：紫色的衣裙，紫色的鞋袜，紫色的手袋，紫色的发卡……同学都笑我是紫丁香姑娘。我知道，我紫色年华中暗藏着母亲早逝的忧伤……

眼前的紫藤是层层绛裙，是款款回忆，是繁密庄重又不失洒脱的青春岁月。

暮春时节，绿意盎然，紫藤萝瀑是四月晴空下的一抹浅笑。坐在古意溽溽的紫藤架下，四周一片静寂。这世界，这四月只剩我和紫藤相对无言的一团喜气。

那垂下的紫藤是一串串从江南雨巷走来的清丽诗句，那片片紫云是佳人眉间的淡淡愁绪，等风吹起，那紫色的流苏便成了云中的锦书，一派盛装，只待那温柔的良人缓缓归矣。

数年前，洛阳神州牡丹园内的紫藤是我见过的最古老的藤蔓，那一挂挂、一串串紫藤花穗像紫色的瀑布，妩媚着暮春的天空，用温柔的花开依然在暮春葱茏轻响。

闲暇时光，总会到紫藤架下去坐一坐，像是赴一场前世的约定，它袅娜情重，我恩侍盟言。如此这般，于紫藤，于我才能心安。

“紫藤”两个字，有着婉约的美意，写出来或者读出来，都美到动人。有些事物就是天生美艳，即使一副冷冷的样子，亦是惊天动地的烈艳。

紫藤是一种植物，有一种紫色特有的气焰，虽然孤寂，却心神自怡。因为叫了紫藤这个音节上有些婉丽的名字，便格外动人，格外让人心心念念。

（有删减）

1. 本文主要表达了什么？请用简洁的语言进行概括。

2. 文中引用李白诗句“紫藤挂云木，花蔓宜阳春。密叶隐歌鸟，香风流美人”有什么样的表达效果？

3. 画出文中你最喜欢的句子，并谈谈自己的感受。

4. 你最喜欢的植物是什么？用两种以上的修辞方法介绍一种你最喜爱的植物。

参考答案：

1．本文表达了作者对紫藤的喜爱和赞美之情，作者把紫藤花当作故人，与花心神交汇。

2．作者引用李白的诗句，更能表明紫藤的美来自遥远的古代，引起读者的兴趣。

3．略

4．略

粒粒盘扣生香结

一直是个喜欢中国元素的人，一件注入东方风韵的旗袍；一座写有江南情致的楼阁亭台；一曲唱腔圆润的中国戏曲；一粒粒在岁月中沉香生辉的盘扣，都是我的最爱。

冬日的午后，太阳暖暖地照在身上。元旦小长假里闲暇无事，端坐在一曲悦耳的经典老歌里，收拾久置的衣橱。忽然，被箱底那件红红的衣物吸引住了双眸。这是当年步入他的红尘时准备的嫁衣。轻轻地抚摸着历史的见证物，那红红的绸缎，那玲珑有致的盘扣，在温暖阳光的照射下依然光彩夺目。那盘扣丝丝缕缕的中国情结，写满了烟火红尘中的快乐和幸福。

喜欢盘扣，喜欢这代表中国符号的中国元素。盘扣，也称盘纽，是传统中国服装使用的一种纽扣，用来固定衣襟或装饰。盘花扣是古老中国结的一种，是中国人对服装认识演变的缩影。

中式衣裳，通身少有硬物，衣扣皆由布制，手工盘绕而成。

盘扣，是直到明清年间才有，在这之间，衣襟固定主要依靠绳结与绶带。梁武帝的一曲《有所思》：“腰间双绮带，梦为同心结”，说的便是如是情形。宋代，人们在腰间系上玉环绶，布制的腰带一端系一枚玉环，不动声色地压住了裙角衣袂，不至于在乱风来时，扰了端庄。

他是个喜欢传统服饰的人，有一件缀着盘扣的唐装，是他的最爱，即使磨毛了衣角，也舍不得丢弃。我曾信誓旦旦对他说：“等到我老了，有大把的时光陪伴在你左右，就找一个老裁缝专门去学习编织盘扣，把我对你的爱恋，缠绕成结，天天置于你的胸口。”他笑而不语，只是用充满爱恋的眼神注视着我，不忍移开。

我们走过的路，犹如一本厚厚的书，还没来得及细细翻阅，已然书写到了人生的中卷。一些事，一些人，真的让人很在乎。轩窗外，冬日暖阳的柔柔照射下，一缕清风的悄然经过，不经意地翻阅书页，那些心念就会呼之欲出。一些过往，犹如胸前那盘根错节的中国元素，在时光里熠熠生辉，让人无法割舍。

眼前的盘扣让我想起了我的母亲。母亲是个心灵手巧的人。小时候，很少买衣服，那时的衣物大都是母亲自己扯来好看的布料，然后回到家里，为我和姐姐们量体裁衣。最难忘的是母亲为我们的衣服上设计的小饰品：一个小裙摆，一处小动物图案，一枚枚注满母亲爱意的盘扣，赢得了邻居不少的赞扬和小伙伴们羡慕的目光。

母亲已经离我远去，但那注满爱意的盘扣，依然在我的心里打成美丽的中国结，温婉着薄凉的岁月。

喜欢那一抹湖蓝，在时光里荡漾开去，慢慢地把一些记忆轻绾成结，缀在衣服的一角，让岁月去悉数记忆里的点滴温馨。行走在木制的光阴里，走出一段风雅，撒下一路馨香。越过冬的台阶，在一场杏花春雨里等你赴一场心灵之约。

站在岁月的台阶，双手合十，在雪白梅红的遐想中，期待一场丰厚的雪事，滋润干寒的冬。当历史的车轮踏上新的征程，只想把一些美丽的心经轻绾成粒粒缠绵有致的盘扣，悬挂在光阴的窗口。待春暖花开，风一吹起，雨一旖旎，便可粒粒生香。

选自短篇小说集《拾光》

1．你知道的中国元素有哪些？请列举出三个。

2．文中画线的句子表达了什么样的情感？

3．“中国结”起于宋代，宋词是中国文化的瑰宝，请背写一首你最喜欢的宋词。

参考答案：

1．中国元素有：宫灯、文房四宝、古乐器（二胡、琵琶、古筝）国画等。

2．作者借物抒情，借中国元素——盘扣，表达了对母亲的思念之情。

3．略

爱上青花瓷

色流香，青胎素描慢拂弦。慢拂弦，岁月浮华，一梦千年。

可参造化天地妙，无极由来太极添。太极添，业火凝练，玲珑惊艳。

——青花瓷

青花瓷以其青花发色青翠、素雅、高贵而著称。一直觉得素雅、清丽的青花瓷似一位从烟雨江南款款而来的清雅女子，明媚而雅致。许久以来，对有青花瓷样的物品我是极爱的，比如青花餐具、青花茶具、青花旗袍，还有那花瓶中的霸主——青花瓷瓶。

一件物品只要沾染上“青花”两个字就变得雅致起来，那种感觉似一位相貌普通的女子，因为爱上了读书、养花、旅行、喝茶，沾染了这些颐养心性的乐趣，整个人就变得清丽、优雅起来。

青花瓷似一位不喜张扬的女子，只爱蓝、白两种色彩，只是简单的两种色彩便可以演绎历经千年不衰的瓷器霸主的风采。

也许与青花瓷的相遇也需要一种缘分。当你见到它时，立刻会被它所震撼，所吸引，所痴迷。一刹那间，那种相见恨晚、似曾相识的情绪会使你深深爱上它。

初遇青花瓷是第一次到婆家做客的一个饭局。那时还没过门，羞怯的我早已不记得饭菜吃过什么，只记得饭桌上的那套夺目青花餐具，只一眼，那种蚀骨的美便浸润进了我的骨缝里。

私下偷偷问他，这精美的餐具叫什么名字。他答：“这是景德镇的青花瓷餐具……”“青花瓷餐具呀！难怪会这么美丽！”只一眼，我便记住了这种清幽、雅致的美丽。

静静的夜，在如水的月色下，看一件青花瓷器，真像看一个前尘的旧梦！这青花瓷带着盛唐的高雅，携着宋代的飘逸，穿越明清的繁华，随着工匠的双手，把一个朝代的缩影融进了这青花瓷中，烧窑里的烈火把一个朝代固定了千百年，用绝代风姿书写下了一段不朽的传奇。

蓦然觉得自己对青花瓷就像王菲演唱的《传奇》：“只是因为在人群中多看了你一眼，再也没能忘记你容颜……”只是因为一眸相遇，我便爱上了那浸润着江南水乡风韵的青花瓷，爱上了它清幽、淡雅的美丽。

青花，在历经千年的岁月中，走过唐宋的诗风词韵，在风尘里，携来元明的底蕴高雅，随着一曲悠扬的古调，在瓶体上落笔的款款深情中，带着天青色的烟雨，打湿记忆的年轮。一笔纸墨用青花的颜色，诱发七彩的情愫，沿着江南的风情，伴着如诗的月色，在素色的胚胎上刻画着一段江南水乡缠绵的心事。

手抚着青花瓷器犹如在泼墨的山水里，在浓情的前世今生里，在如梦如烟的风景中，听青花吟唱，那江南雨巷手持油纸伞丁香女子淡淡的忧伤。

青花瓷是最美的中国符号，她的美不艳丽，不招摇。她优雅、素洁、含蓄，似一位身着白底浅蓝花旗袍的女子。

青花旗袍是最能彰显青花魅力的中国元素。青花旗袍那复古的高领，修身的剪裁，开衩的裙摆，经典的中国盘扣，把东方女子的温柔、贤良、优雅、高贵彰显得淋漓尽致。

天青色的青花瓷在历朝历代中是最美的青花。青花瓷有出窑的经典传语“天青色等烟雨”。据说传语出自宋徽宗，因当时的汝窑专供宋皇室使用，而窑官将汝窑瓷烧制完成后，请示宋徽宗为其色定名时，徽宗御批：“雨过天青云破处，这般颜色做将来。”此后，天青色即为汝窑瓷钦定的颜色名。

“天青色等烟雨，而我在等你。”最美的青花瓷需要雨过天晴那一刻才能氤氲出它如烟雨般勾勒的美丽。

缘于对青花瓷的爱恋，我买回许多有青花印记的物品，青花茶具，青花旗袍，青花瓷瓶……为了给平淡的烟火增添一抹诗情，喜欢用一缕花香、一窗月色、一盏淡茶、一卷诗书、一纸小字、一帧青花瓷，书写一世柔情，温柔生命中的每一段路程。

青花瓷清雅，但不清寒，而且心性沉静，有那么一点孤傲，有那么一点落寞，似一位遗世独立的女子，在清宁的岁月中独享清欢。

月夜，静赏这套青花茶具，仿佛看见那如梦的往事，带着江南的风韵，在一个个记忆片段中，在一次次的回眸中，随着青丝的华彩，在釉色的渲染中，勾勒出水墨的留白，打开了记忆的栅栏，把岁月深处的素笺慢慢浸染……

茶，喝的是一种心情，品的是一份雅兴。用喜爱的青花，沏一壶淡茶，便可细品人生。人活着活着，日子就会越来越薄，烟火岁月就多了一份世俗和眼眸中的日常。我爱青花那妖媚的蓝，也爱那落落的白。走近青花，细品细闻杯中茶，花无香，茶无色。人，在静笃的烟火中，与自己，相知、相悦、相承欢，已经足够。

（有删减）

1．作者用描写青花瓷的诗句引出正文，有什么艺术效果？

2．青花瓷有哪些特点，请做简要阐述。

3．最美的青花瓷是什么？它是怎么烧制而成的？

4．作者第一次遇见青花瓷是什么时候？青花瓷给她留下了什么印象？

参考答案：

1．作者引用诗句引出下文，既描写了青花瓷的特点和独特的美，又能激发读者阅读的兴趣。

2．青花瓷以其青花发色青翠、素雅、高贵而著称。青花瓷只有蓝、白两种色彩。只是简单的两种色彩便演绎了历经千年不衰的瓷器霸主的风采。

3．天青色的青花瓷在历朝历代中是最美的青花。

最美的青花瓷需要雨过天晴那一刻才能氤氲出它如烟雨般勾勒的美丽。

4．略

为心灵做一场瑜伽

读朱成玉的文字就像炎热的夏日，有潺潺的溪流从心田流过。那种感觉就像给因工作和生活变得浮躁的心灵做了一场瑜伽，温暖而妥帖，清凉而舒适。

初识朱成玉是从女儿中招考试的语文阅读题中，看着他那充满灵性，充满爱意和温情的文字，心底里漾起对生命的思索，对美好的渴望。他那篇《别踩疼了雪花》印在了中考试卷中，也深深地印在了我的脑海里。

一直觉得朱成玉是个温情、诗意，有一颗感恩心的男人。近日集中捧读他的《爱一朵花，陪它盛开》《心有余温，尚可暖秋》

两本散文集，更加深了我的这一感觉。

他的散文所记述的都是凡人小事，琐细生活，却字字句句入情入理，往往以小见大，其中蕴含着的人生道理常常引人思绪万千，深受启迪。所以他的文字一直深受中学语文老师的追捧，一直是中学语文试卷中的经典阅读。

他的散文富有哲理，但不古板；取材于生活中的小事，但不平淡。他的每一篇散文的标题就是一句清丽的诗句，依着平仄有致的韵脚在人生的章节谱写着喜悦和收获，幸福和快乐。

单单他的散文标题就足以吸引你的眼眸“梦是夜的花朵”“雪花，春天的邮戳”“落叶是疲倦的蝴蝶”“为灵魂降一场雪”“风是不睡觉的鸟”“人生是一条蹦跳的鱼”“孩子是落到地面的云”“如果月光偷饮了你的美酒”“那一团瑟瑟发抖的暖”“与一只鸟共叙桑麻”……这一切富有灵性的标题都够让你要细细品味并想要探一探其中的究竟了。

如果沉下心来走进他的任何一篇散文作品中，你会被文中氤氲着的浓浓诗意和人生哲理所浸润，所启迪。这诗意，这哲理不仅仅是体现在他的用词精练、对篇章的布局或结构的经营上，更体现在字里行间所透露出来的他的灵魂信息和生命格局。

朱成玉的散文向来以细腻著称，从不多言，每篇都短小精悍，想必每一个字都在他的脑子里经过精心筛选，滤去烦冗，留给读者的都是一些精华种子。

读他那篇《呼吸一种叫慢的空气》，感觉如春风拂面，为我因工作而浮躁的心灵做了一场瑜伽。他的文字可以让我们的心慢下来，去享受生活中的美好。

朱成玉是一个温情的诗人，是一个温暖的作家，更是一个温柔的父亲。从他近期的文字中可以感受到他发自内心的浓浓父爱。他深爱着小米粒——他生命中的天使。他用文字记述着孩子的点滴变化，记录着孩子带给他的一次次惊喜。

“小米粒儿三个月大的时候，我在夜里醒来，看到她竟然是醒着的，不哭不闹，安安静静地在那里，看着从窗帘缝儿里透过来的一朵月光。并用她的小手，不停地捉着它……或许她以为我受了什么委屈吧！那一刻，我便知道了，那天晚上的月光，已经深深植入了她的心灵。”

读着这样的文字，整个人都会因为这父女情深而变得温柔。这文字里积蓄着浓浓的父爱、浓浓的亲情，让你感动。

朱成玉说：“我喜欢那些诗一样的句子，每个段落之间，每个词语之间，都有文字的香。每个汉字的缝隙，都露着月光。”

他的文字就溢着花香，露着月光，适合静静地读，慢慢地品，那些字如那清爽甘甜的山泉，从你的眼前潺潺流过，轻轻的、柔柔的，为你浮躁的心灵做一场瑜伽……

（有删减）

1．赏析文中第一段画横线的句子，并写出表达了什么样的情感。

2．结合语境，分析第十段第一句话在文章结构和内容上有什么作用？

3．你觉得朱成玉是个怎样的人？请结合文章内容进行简要分析。

4．阅读全文，谈谈你对题目“为心灵做一场瑜伽”的理解。

参考答案：

1．这段话运用了比喻的修辞手法，生动形象地写出了朱成玉的文章带给我的温暖、清凉、舒适的感受，表现了我对朱成玉的文章的喜爱之情。（意思对即可）

2．(1) 结构上承上启下，承接上文朱成玉是一个温情的诗人，是一个温暖的作家，引出下文朱成玉是一个温柔的父亲。

(2) 内容上由写朱成玉的文章内容风格转入对他作为一位父亲的描写。（意思对即可）

3．(1) 朱成玉是一个温情的诗人，是一个温暖的作家。他的散文所记述的都是凡人小事，琐细生活，却字字句句入情入理，往往以小见大，其中蕴含着的人生道理常常引人思绪万千，深受启迪。

(2) 朱成玉是一个温柔的父亲，他用文字记述着孩子的点滴变化，记录着孩子带给他的一次次惊喜。（意思对即可）

4．《为心灵做一场瑜伽》是指读朱成玉的文章能让自己浮躁的心灵感觉温暖、清凉、舒适，享受生活的美好和浓浓的亲情。（意思对即可）

为自己加冕

不久前，偶尔翻阅到一篇文章，已不记得文章的题目，只觉得文中的一句话应该令作为女人的我们沉思：“女人，为自己加冕，才可以成为女王。”

这句话，触动了我的心弦，让我想起那个高傲的女子，《哈利·波特》中赫敏的饰演者艾玛·沃特森。艾玛是个“90后”女孩，因为出演《哈利·波特》中赫敏一角，九岁就家喻户晓。

艾玛，是个集美貌与智慧于一身的女孩。毕业于名牌大学，聪明智慧，因为她的优秀，颇得英国王室哈里王子的青睐。王子想尽办法，接近艾玛，对其示爱。得到这一消息的人们在各大媒体兴奋地谈论着：当年的小赫敏，就要嫁入王室做王妃。这是自古至今，女子们做梦都向往的事。

当人们正在激动地为艾玛祝福时，艾玛却淡淡地说了一句："我就是公主，为何要嫁给王子？"

只是淡淡的一句，就可以看出艾玛是个智慧、高傲的女子，她在通过努力赢得一切，在自己的国度里做高傲的公主。

我们这些生活在俗世里的女子，也应该有一份傲气和几根傲骨，不能依附在男人的背后，在可怜的生活模式里丢失了自己。我们应该靠自己的努力赢得物质和精神的财富，做最美的自己，高傲而自信地生活。

我们要爱家人，爱工作，爱生活，更要爱自己。趁我们还可以自由呼吸，那就好好地用健康的方式爱自己。假日，可以约三五知己小聚，饮茶、品酒，谈笑间，又会找回青春的自己。

苏岑说："一个女人要活得独立、自尊、自爱，才能散发出高雅的光彩。"作为女人，应该让自己成为美好生活的创造者，不依附谁，不攀附谁。

幸福，从来就不是别人给我们的，而是靠着自己的坚持和努力争取而来，不论是事业，还是爱情，都离不开自己的努力和尽心守护。人的一生能够找到值得坚持的事情，终归是一件幸事。

用专注的姿态，做自己喜欢的事，不攀附谁，不依赖谁。读自己想读的书，走自己想走的路，爱自己喜欢的人，写一些可以植入心灵的文字，遇见更好的自己！

向内丰盈是一种岁月的沉淀，会让贫瘠的生命变得丰满。当一个人所求简单，只看树发芽，看枝抽花，整个人都会变得无限柔软。内心渐渐丰盈起来时，除了她的细致外，一定是跟她的内在世界有关，那里一定是一个自给自足的世界。

自足，会让灵魂更清澈，如山间溪水，林中清风。与一朵花、一首词、一帘月相爱相恋，会让所有的美好在光阴里开出美丽的画卷。一纸素影，一行光阴，一笔花草，一笔静香，在手指的温柔里，一切美好的遇见都会被你温柔地念起。坐在时光里，与自己，与美好相遇，看花立枝头，书合桌上，一笔字墨，岁月留香。

女人，一定要记得，你可以做到一手诗意，一手烟火。为自己加冕，成为自己国度的女王，你才能精彩地生活！

（有删减）

1．文章引用艾玛的故事有什么作用？

2．谈谈下面这句话的含义。

幸福，从来就不是别人给我们的，而是靠着自己的坚持和努力争取而来。

3．阅读全文，谈谈你对题目“为自己加冕”的理解。

4．联系生活实际谈谈你对这篇文章的感受。

参考答案：

1．文章引用艾玛的故事表现出艾玛是个智慧、高傲的女子，说明“女人为自己加冕，才可以成为女王”（或用自己的努力赢得的一切，在

自己的国度里做高傲的公主)。(意思对即可)

2. 幸福的获得不是靠别人的施舍，需要自己去努力追求。坚持住，你一定会看到最美好的自己。(意思对即可)

3. “为自己加冕”指我们应该用专注的姿态，做自己喜欢的事，靠自己的努力和坚持，赢得高傲而自信的生活，让自己成为美好生活的创造者。(意思对即可)

4. 略。

吾家有女初长成

我慢慢地、慢慢地了解到，所谓父女母子一场，只不过意味着，你和他的缘分就是今生今世不断地在目送他的背影渐行渐远。你站在小路的这一端，看着他逐渐消失在小路转弯的地方，而且，他用背影默默告诉你：不必追。

——龙应台

大宝要毕业了，她告诉我她想去外省读大学。此刻，我站在阳台上，看着初夏的阳光洒在多如牛毛的楼宇上，斑斑驳驳的碎影状如花开。

刚下过雨的地面，依然布满水渍，被阳光蒸融的水雾在眼前缓缓缭绕、消失，我开始追忆那过去的故事。

亲爱的大宝，在春天一个有雨的夜晚，你呱呱坠地。刚出生的你不像其他孩子一样哇哇大哭，而是大声地打了一个喷嚏，把手放到嘴里吱扭吱扭地吮吸起来。

看着粉团似的你，刹那间幸福笼罩了妈妈的全身，我忘记了怀你时所有的不适，忘记了生产时经历的所有痛苦。从牙牙学语到蹒跚学步，从小学到中学这一路走来，你带给了初为人母的我许多惊喜。

宝贝，你就要毕业了。好几个镜头在我眼前转换重叠。幼儿园毕业时，你和小朋友、老师站在一起依然笑靥如花，你不知道，毕业就是离开，就是与一些人别离，或者永不再见。走出大门的那一刻，你依然微笑着对同学和老师说，明天再见。

然后，就是扎着小辫子，背着小书包的你，高高兴兴地走在一群花花绿绿、叽叽喳喳的小学生里。你对我回头微笑，我看着你的背影独自前行，你背着书包小小的背影在我眼前慢慢消失……

在你背着书包第一次一个人走进校门那一刻，我就已经知道，我和你的缘分，就是一次次地看着你离开，然后对着你的背影默默地挥手。这样的镜头会不断重复。

你上初中时，开始慢慢学会独立：一个人去食堂打饭，一个人清洗衣物，一个人离开父母去学校寄宿……你上高中时，面对陌生的环境已经不再羞怯，你很淡定、从容，认识了许多新的同学，结识了教给你知识和人生指导的良师。

接下来，就是你一个人去外地读大学……

宝贝，毕业就是离开，就是要离开你的父母，离开你生活多年的小城，离开你温暖舒适的家。以后的路要你一个人去走，要你一个人去努力，去面对……

宝贝，只有离开，才可以充实你自己，提高你自己。而我们，就是那不断对着你的背影既欣喜又悲伤，想追回又不敢声张的人。

宝贝，看着高过我半个头顶的你，我总是忍不住想起你小时候的点点滴滴。从小你就是个懂事、有礼貌的孩子，见了人你总会礼貌地打招呼，大人们都是那么喜欢你。从小学一年级开始，你的写作能力就表现得很棒，你的起步日记、你的作文一直是老师在班内范读的对象。妈妈生病时，小小的你总是尽心尽力照顾、帮忙……

时光飞逝，刚上中学的你就已长成亭亭玉立的大姑娘，比妈妈还要高出半个头顶。宝贝，语言表达能力强一直是你的优点，记得刚上初一那年，你被学校选为文艺节的主持人，在几千人参加的文艺会演中，你站在舞台上淡定、从容、自如的表现，赢得了在场所有人的赞誉和掌声……

我的宝贝，现在你就要毕业了，马上就要面对你人生的第一次抉择。让妈妈欣慰的是你整个人的状态，虽然面临毕业，你依然阳光、可爱，浑身散发着逼人的青春气息。更让妈妈感到高兴的是，对我，你一直没有同龄人的叛逆，你总是把我当作你最信任的人，附耳告诉我你女孩儿家内心的小秘密……

此时，正值逼近高考的五月。宝贝，从你的言行，我可以感受到你的内心世界和我的一样波涛深邃，但让我高兴的是，你的内心世界，我一直都在。无论什么时候，我都会和你一起面对……

李开复说："成功就是做最好的自己。"平凡人的成功，就是坚持去做自己喜欢的事，并尽心尽力做到极致。一直很喜欢厚积薄发的毛竹。毛竹的快速生长，完全依赖着它的根系，它前五年看似毫无变化，实际全部用来深深地扎根，最终创造了自己的奇迹。如果我们坚持去做自己喜欢的事，假以时日，也可以创造属于自己的奇迹。

宝贝，这字字句句其实不是讲述，是把情和爱堆积成文字的形状，它是一层层叠起来，一针针缝进去的一件爱的袈裟。

宝贝，吾家有女初长成，妈妈心底蕴藏着几多欢喜，几多不舍，几多甜蜜……五月的光阴安暖、舒适，我在脉脉含情的岁月里敲打着写给你的文字……

然而，妈妈想念成长中的孩子总是单向的，充满青春活力的孩子正奔向她心中的愿景，眼睛热切地望着远方。妈妈只能在身后张望着你越来越小的背影，你用背影默默地告诉我，不必追……

（有删减）

1. 文中第一段的环境描写有何作用？

2. 文章第十六段写毛竹的生长有何作用？

3. 谈谈你对题目“吾家有女初长成”的理解。

4. 联系实际生活谈谈你读这篇文章的感受。

参考答案：

1. 环境描写渲染出轻松的气氛，衬托出“我”愉悦幸福的心情。（意思对即可）

2. 写毛竹的生长厚积薄发，暗示女儿的成长让人感到欣慰。（意思对即可）

3. “吾家有女初长成”指自己的女儿长大成人了，懂事了，也表

现了作者为女儿的成长感到喜悦，为女儿即将离开自己去外地上学的不舍，表现了母女之间浓浓的亲情。(意思对即可)

4. 略

让灵魂漾着香气

灵魂有香气的女子，是寂寞的，是空灵的，她们如空谷幽兰，有着缕缕清香，不喧嚣，不热烈。

灵魂漾着香气的女子，她们在淡然寂静中，通过自己的努力成为自己期待的那个人！张幼仪的灵魂就漾着香气，她的人生经历就是一部励志大剧。她用自己的经历告诉我们，糟糕的过去不过是一所学校，你在其中经历的一切磨难都会照亮你前进的路，通过努力就会让灵魂漾着香气。

人们一直被徐志摩对林徽因的痴情所感动，对陆小曼的娇宠所动容，觉得诗人一定浪漫多情，却不知道张幼仪所经历的艰辛。她是徐志摩的“小脚”老婆，即使家世背景雄厚，被手握重金、掌握大权的兄长们疼爱有加，却被多情浪漫的诗人所嫌弃，即使如此，她依然一心一意地为徐志摩的家人们操劳。

你无法相信在别人面前温文儒雅的诗人在面对妻子时的冷酷残忍：逼她打胎，逼她离婚，对她冷酷到让人心碎。离婚后的张幼仪通过自己的努力，才得到徐志摩的尊重，才迎来了人生的春天。命运在为她关上婚姻的大门时，为她打开了事业的窗。她靠自己的努力，创办自己的服装公司，投资金融、股票，她的事业做得风生水起。

她独自侍奉父母、抚养幼子。在离异数年后，遇见自己的爱情，得到儿子的支持。梁实秋对她评价：“她沉默地、坚强地度过她的岁月，尽了她的责任，对丈夫的责任，对夫家的责任，对儿子的责任——凡是尽了责任的人都值得尊重”。

张幼仪用自己的坚强、隐忍，让漾着香气的灵魂得到世人的赞赏和尊重。只有珍爱自己的女人才会懂得对自己最重要的是什么，即使渴望也会知道生活所背负的责任。比如林徽因，她爱得聪明，知道浪漫多情的诗人不适合婚姻，真实包容的梁思成才是她最好的选择。

几乎在所有人的眼里林徽因都是个几近完美的女神，在人生的各个阶段都大放光彩，身边结交的朋友也是当时在各个领域的领军人物。其实，她用在人生规划上的功夫不比梳妆打扮少，花在饱读诗书方面的时间也不比保持容颜的时间短。

林徽因是女神也是普通人，有庶出的身份，农村出身的母亲，有急躁的脾气和固执的性格，在青梅竹马的梁思成眼里却都是优点。她常常在夜晚写诗的时候，焚一炷香，摆一瓶花，穿着白色的绸睡袍，极度地自恋着。所有的爱情都基于欣赏，对她的自恋，梁思成别有一番宠溺地唱和。

真正的幸福，不是活成别人的样子，而是能够按照自己的意愿去生活，活成自己喜欢的样子。顺着自己的心意而活，就是最好的生活。人，其实不需要太多的东西，只要健康地活着，真诚地爱着，就是富有。对生命而言，接纳才是最好的温柔。是你的，就是你的。我们努力了，珍惜了，就问心无愧。其他的，交给命运。把一切看轻、看淡，人才会优雅。

狄更斯说："一个健全的心态比一百种智慧更有力量。"生活中，一个好的心态，可以使你乐观豁达；一个好的心态，可以使你战胜苦难；一个好的心态，可以使你淡泊名利，过上真正快乐的生活。人的心灵是脆弱的，需要经常激励与抚慰。常常自我激励、自我表扬是一种给心灵解绑的方法。快乐其实很简单，可以是一花、一茶、一书的遇见，可以是一人、一事、一生陪伴的温暖。

胡适先生说："一个人的前程，往往全靠他怎样利用闲暇时间，闲暇定终生。"如果一个人在下班之后能利用闲暇时间，坚持去做一件有益的小事，假以时日，这件事就会以不可思议的方式回报你。

你所看到别人的光鲜，都是无数流汗的夜晚换来的。与其临渊羡鱼，不如退而结网。你的时间用在哪里，你就会成为什么样的人。下班后忙什么，如何利用闲暇时间，决定你人生的高度。坚持去做有意义的事，珍爱自己，你的灵魂就会变得有香气。

只有爱自己的人才会绽放最灿烂的光芒，才会持久美丽耀眼，爱自己才会清晰地知道自己要什么，才不会走错路，在爱自己中学习如何去爱别人，在生活中明白如何去生活，珍惜并关爱自己才会让自己的灵魂漾着怡人的香气。

（有删减）

1．你是怎样理解"让灵魂漾着香气"的？请结合自己的实际谈谈。

2．文中对哪两位女子的处事态度和人生追求进行了描述？请用简练的语言概括一下。

3．“让灵魂漾着香气”一句中，“漾”是什么意思？你觉得用得好吗？好在哪里？

参考答案：

1．利用闲暇时间，提高你人生的高度。坚持去做有意义的事，珍爱自己，就会让你的灵魂变得有香气。

2．文中的张幼仪用坚强、隐忍，让漾着香气的灵魂得到世人的赞赏和尊重。还有女神化身的建筑学家林徽因。文中对两位女子的处事态度和人生追求进行了描述。

3．“漾”是泛着的意思。“腹有诗书气自华”，一个有内涵、有修养的人灵魂就会漾着香气。

槐花依旧惜春风

母亲节到来之际，谨以此文作为五月的献礼，缅怀我已故的母亲，愿您在天堂一切安好！

——题记

四月的脚步还未远离，枝头的梧桐花依然在天空随风摇曳，那紫色的云霞，在春的末端已开到荼蘼，那淡淡的香气还在周身缠绕、旖旎。一场细雨湿润了春末的树木，洋槐树已经挂上了如米粒般的淡绿色花蕾，一串串躲在春色里的槐花便在暖暖的春阳下，散发出诱人的、甜甜的香气。

每年的这个季节，空气中都会弥漫着一种甜甜的香味，举目四望，你会发现那一簇簇或白，或紫，或黄的槐花已在枝头悄然绽放。循着浓浓的香味，那开放在枝头的槐花，如串串白玉和着满目春色，植入你的眼眸、心底。

对于槐花，我是极熟悉的。儿时，每当春暖花开，我便和小伙伴们一起在庭院，在村头的槐树下，仰望着那散发着香气的空中的白色云霞——槐花。馋猫一样的我们，会想尽各种办法，或者爬树，或者用钩子勾着低处的枝丫，采摘下那可以丰富我们餐桌的朵朵槐花，兴冲冲地拿回家。然后，乖乖地附在母亲的身边，看母亲神奇地为我们展现许多道色、香、味俱佳的槐花做法。

又是一年五月了，小城里的紫槐花已悄然盛开，盛开成一团团热烈的、妖娆的紫红簇拥枝头，那浓郁的香气氤氲着，弥漫了大街小巷。置身其中，恍如喝了美酒，不觉深深陶醉。

白色的槐花串串似玉，瓣瓣似雪，洁白着一季中的四月；紫色的槐花，如烟似霞，妖娆了岁月的天空；黄色的槐花，悄然开在一隅，泛着缕缕金光的花树，入目，一片温馨。各种颜色的槐花把小城的街道装饰得婀娜多姿，芳香四溢。漫步街头，赏着花开，闻着花香，令人微醺欲醉。

一树花香，一城相思。那满目的槐花摇曳，把我的心拽得生疼。每年春天，看到枝头槐花开，闻到空中浓郁香，我便会想起那病逝已久的母亲，想起母亲用充满浓浓爱意的双手做出的槐花食品。

小时候，每到这个季节，母亲会挑拣好多槐花，在水里洗干净，拌上一些面粉，放在锅里蒸，十几分钟后就熟了。母亲还未揭锅盖，我们都迫不及待地站在灶台边等着，闻着浓浓的槐花香味，不要说吃，光是闻，口水已经流出来了……那时候，家里生活拮据，没有别的东西可以分给孩子们做零食，于是吃槐花食品便成了饭菜外的温馨。

“迟迟禁漏尽，悄悄暝鸦喧。夜雨槐花落，微凉卧北轩。曙灯残未灭，风帘闲自翻。每一得静境，思与故人言。”槐花飘香时，我只想避开俗世的喧嚣，闻一树花香，在一纸素笺上描摹对母亲刻骨的思念。

执一枝如雪的槐花在手，睹物思人，我又想起了我故去已久的母亲。想起每年的这个时节，槐花的香气都会溢满我家的小院，母亲便会摘下一些白槐花，悉心挑拣后，为我们做上一顿丰盛的槐花大餐：或蒸成槐花菜，或烙成槐花饼，或做成槐花馒头……入口丝丝香甜，令人心暖。

如今，槐花依旧枝头笑春风，而我却永远失去了母亲的疼爱和关怀。站在香气馥郁的槐树下，对母亲的思念，犹如决堤的洪水在我心底肆意地泛滥。“树欲静而风不止，子欲养而亲不待”，是何等的酸楚和无奈！

碧空如洗的五月，槐花依旧温婉着荏苒的时光。对母亲的怀念和不舍一次又一次地让我在思念的海洋里沉沦。那些令人心痛的牵念，那些无法实现的夙愿，爬满了一个人的庭院，如雾似烟，把我整个人一次又一次地笼罩、湮没。

一棵棵槐树，年年的清香陪着我长大，陪着母亲衰老，如今清香依旧，母亲却容颜不再。儿子的一声呼唤把我从长长的思念中拉回，无奈低眉轻叹：槐花香气依然，爱心难以圆满。

谷雨过后，那些嫣然到荼蘼的花树，大都已经凋零，满地落红，只有我对母亲思念的花束和枝头的槐花依旧惜春风，在似水流年里灿烂如昔。

（有删减）

1．本文表达了作者什么样的情感？

2．作者从几个方面对槐花进行了细致的描写？请在文中画出有关语句。

3．请赏析“槐花香气依然，爱心难以圆满”这句话。

4．作者回忆了哪些跟槐花有关的情节？表达了什么样的情感？

参考答案：

1．本文借助槐花，表达了对去世的母亲深深的思念之情。

2．作者从颜色、形状、香气几方面对槐花进行了描述。

3．“槐花香气依然，爱心难以圆满”，每年的暮春，槐花的美丽和香气依旧在岁月中出现，只有病逝的母亲永远离开了作者，让作者睹物思人，难以抑制对母亲的思念之情。（意思对即可）

4．略

小满，刚刚好的幸福

“小满”就像一个“娉娉袅袅十三余，豆蔻梢头二月初”的妙龄女子，是夏季的第二个节气，似一枚籽粒已渐饱满，但尚未成熟的果子，悬挂在节气的枝头。

小满是指麦类等夏熟作物灌浆乳熟，籽粒开始饱满，但还没有完全成熟，故称为小满。小满，是小小的满足，是人生的留白，是刚刚好的状态。

《菜根谭》有云："花看半开，酒饮微醉。此中大有佳趣。若至烂漫酕醄，便成恶境矣。履盈满者，宜思之。"水满则溢，月盈则亏。这是自然之道，亦是人生至哲。

人生是一个人的旅程，需要面对不同的故事和结局。用一颗素简心慢煮光阴，经营人生。做人做事，对待感情，皆应小满，无须太足。留一分距离，给对方喘气；留一分距离，给自己回旋。凡事预则立，小满皆大美。

一个人如果对一件事情太过在乎，就会被其负累。比如生活、工作、感情，还有孩子的教育。因上努力，果上随缘。一切事情只要尽心尽力去做即可，其他的交给时间。在一份满足中，轻轻松松地爱，简简单单地活。时刻心怀感恩，让一朵禅意的花儿在心底永葆笑靥，才是人生最大的快乐！

幸福没有模板，经营好自己喜欢的日子就是最好的生活；爱情没有标本，和自己喜欢的人牵手终老就是最好的幸福！一直不喜欢繁华和热烈，喜欢安享两个人的清宁。余生，我的感情世界会皈依安宁，让相爱的两颗心在纯净中永恒！

此刻，有风敲窗，一室的花木在室内安静地疯长。植物散发出的暗香，从遥远的《诗经》走来，带着她前世的约定，与我温良遇见。那么湿，那么缠，那么暖，那么润，那么美。只想……

无论是生活还是爱情，有了希望和追求，一切才会有努力的方向。用心去经营，一切美好的事物才会永恒。

喜欢半夏这种喜阴的药草，犹如喜欢半饱的人生和感情。炎热的仲夏，一些淡淡生长的生物开始出现，太过热烈阳性的生物已开始衰退。也许，淡淡的、暖暖的半饱状态，才是久远的、最美的人生。

年华向晚，一路走来，看惯了斗转星移的世事变迁，看淡了坚若磐石的誓言被风吹散，仍然保持着内心清澈，依然看待岁月如歌。一个人，在一钵花、一溪云、一禅茶的静谧中放逐自己的灵魂，这便是生命的一团喜气。

有人说，满足的状态是刚刚好，幸福的状态是比刚刚好再多一点。不满，则空留遗憾；过满，则招致损失；小满，才是最幸福的状态。

水满则溢，月盈则亏。这是自然之道，亦是人生至哲。做人做事如此，与人相处亦是如此。保持留白之美，以小满状态处事做人，才能快意一生。

小满，是夏天最幸福的时刻。此时的大千世界里，万物生机盎然，又从容不迫：麦粒饱满水稻插，蚕结新茧桑葚熟，菜籽舂油苦菜秀。小满，期待一场如约而至的雨水，谷物生发，顺遂天时。

古人云：“君子宁居无不居有，宁处缺不处完。”人若自满，便难有进步；若不满，便欲望过大，不懂知足常乐。

人生最佳的状态是小满。小满，是刚刚好的幸福。让我们检视自身，做人、处事以达小满，在“晴日暖风生麦气，绿阴幽草胜花时”的意境中温暖一生。

（有删减）

1. 你是怎么理解“小满，刚刚好的幸福”的？请做简要分析。

2. 你能写出一两句《菜根谭》一书中有名的句子吗？

3. 画线的句子用了什么修辞方法？你能写出两个这样的句子吗？

参考答案：

1. 小满，刚刚好的幸福，觉得有一种禅的味道。轻盈的文字背后充满了哲理的味道。文章从“小满”这个节气说起，角度选择很是老道，有大家风范。作者所说“小满，是小小的满足，是人生的留白，是刚刚好的状态”“人生最佳的状态是小满。小满，是刚刚好的幸福”，充满智慧。“小满”“不满”“自满”，三者虽是一字之差，内涵和结局却是截然不同。如何把握住“小满”，说起来容易，做好却很难，每一个人都需要深思熟虑。(意思对即可)

2. 高一步立身，退一步处世。

厚德载物，雅量容人。地之秽者多生物，水之清者常无鱼。

3. 画线的句子运用了比喻的修辞方法，形象地写出小满的美好。

且邀梅香度寒冬

踏雪寻梅，是冬日里最美好的一件事。

小寒时节，正是梅花初绽之际。小城的公园内蜡梅已展露笑嚣，只是雪还没有如约而至。

小寒的一大早，就收到爱好摄影的朋友发来的梅花图片。那嫩嫩的腊梅，娇艳欲滴的粉色梅花，醒目的红梅，妩媚了整个天空。朵朵梅花像一个个羞涩的少女在遒劲的枝头，傲然开放，露出娇艳欲滴的脸庞。

一下子，一颗心就被这美丽的梅花俘获了，一个人，不可遏制地深深爱上了这冬日的绮丽景致。一直觉得，在孤寂寥寥的冬天，唯有绮丽的梅花和唯美的雪花能给苍白的冬天增添一抹彩色，让沉睡的冬天因为雪花不再贫瘠，让漫长的冬季因为梅花而变得妖娆。

若论踏雪寻梅谁最有韵味和情致，我总是会想起《红楼梦》里的贾宝玉和薛宝琴，这对金童玉女在雪地里去梅林寻梅，去妙玉那里为众姐妹折梅插瓶的画面：两个着一袭红裳的人儿，手捧红梅，踏着漫天飞舞的皑皑白雪，从远处缓缓走来。这一刻画面是唯美的，是灵动的，是清幽的。

因为这白雪，这红梅，这才子，这佳人，孤寂的天地变得美妙绝伦。因为被这绝美的踏雪寻梅图震撼，贾老夫人动了宝琴的心思，想让她嫁给宝玉，促成一段“踏雪寻梅”的爱情佳话。直到打听到宝琴已许给梅翰林家，她才肯作罢。

梅花的美丽在于她的姿态，她的韵致，她的清幽，她的淡雅。梅花没有华丽的面容，没有袭人的香气，只有属于她的淡淡的暗香，犹如一个优雅女子自身的女儿香，若有若无，让人沉醉，让人欢喜。

漫步梅林，一颗心一下就会被这枝头小小的花蕾深深地抓住的。你会情不自禁俯下身子亲吻她娇嫩的花瓣，去轻嗅她的缕缕清香。然后整个人在梅花的清丽中陶醉，在梅香袅袅中沉沦。这一刻，四周清寂，唯有梅，唯有香，唯有我。

冬日最美的风景当属梅花的嫣然浅笑。腊月，是梅花的世界。梅苑内，放眼望去，一朵朵，一枝枝，一树树，入眼，满是梅花的俊雅，梅花的清绝。那种美会在你的眼里、心间落地生根。

梅花带着她的暗香从《诗经》和《尚书》中款款走来，途经几千年的时光，依然在岁月的枝头把她独特的美丽绽放。因为她的独特的美，梅花被封为花中之魁。

源于对梅花的喜爱，有多少文人墨客为梅花写下了不朽的诗篇。林和靖的“疏影横斜水清浅，暗香浮动月黄昏”为我们描述了清幽的月光下梅的空灵，被世人传颂。崔道融的“香中别有韵，清极不知寒”道出了梅的冷韵冰洁，在寒冷的季节轮回，亦无怨无悔。

站在梅林，忽然觉得树枝间的每一朵梅，都是为我而开，都为奔赴我的约定而来。我迷恋着梅花的清香，这种香淡淡的、柔柔的、轻轻的，酷似宋词里的月光，似江南的山水，用她的清幽提醒着我，这是梅的世界，这是属于梅的冬天。

伫立风中，一颗心沉醉在这淡淡的暗香里，我不再问雪花何时是归期，且邀一枝梅香度寒冬。虽然无雪花，如此与梅花缱绻，亦是很好！

（有删减）

1．花中四君子是指哪些花木？请写下来。

2．梅花有哪些特点，请结合本文做简要阐述。

3．请背写一首描写梅花的古诗词。

4．文中作者引用了哪些诗人的诗句，以表达对梅花的喜爱之情？请摘抄下来。

参考答案：

1．花中四君子：梅、兰、竹、菊。

2．梅花颜色美，有红、黄、白、粉等颜色；梅花姿态美，一朵朵，一枝枝，一树树，入眼，满是梅花的俊雅，梅花的清绝；“疏影横斜水清浅，暗香浮动月黄昏”一诗写出了梅花的暗香浮动。

3．略

4．略